MIEDO EN TU CADÁVER

CASOS CRIMINALES COMPLEJOS
LIBRO DOS

RAÚL GARBANTES

Página web del autor:
www.raulgarbantes.com

amazon.com/author/raulgarbantes
goodreads.com/raulgarbantes
facebook.com/autorraulgarbantes
twitter.com/rgarbantes

ÍNDICE

PARTE I

1

———

La persona se encontraba sentada frente a un escritorio. Antes había trazado siete palabras en una hoja en blanco.

Lo hizo con una caligrafía elegante, perfecta. Después levantó la mirada y observó por la ventana la caída del sol. Puso la mente en blanco esos segundos para admirar aquella maravilla. Cada vez que reparaba en los colores del cielo, sentía como si acabara de volver de la muerte.

Pensaba que nadie podría imaginar que ya había conocido el infierno, pero que ni siquiera el infierno era suficiente para destruir a alguien cuando se contaba con un plan de escape. Lo importante, siempre, era tener un plan.

Apartó la mirada de la puesta de sol y volvió al papel. Después de leer el verso, dejó la hoja sobre el escritorio y tomó su celular. Tocó el ícono de la cámara fotográfica y buscó varias imágenes. Escogió una de ellas. Entonces se llenó de rabia al observar a la persona que aparecía en la fotografía. Sintió como sus ojos se convertían en las puertas de salida de una gran ira, de la furia que casi hacía explotar su cabeza. Esta vez tampoco gritó. Nunca lo había hecho cuando una emoción así aparecía. De inmediato, esa rabia se convirtió en un plan y tomó también la forma de sentencia de muerte para la persona que observaba en ese momento.

Imaginó que la fotografía había salido expulsada de su celular hacia el cristal de la ventana que tenía enfrente, la que antes le había mostrado el atardecer. Así pudo ver la cara del «sentenciado» en mayor tamaño. Ese rostro sonriente, complacido, contaminado. Imaginó que con su dedo índice marcaba una equis color rojo sangre sobre esa cara maligna.

Ahora tenía el plan del asesinato perfecto. Resultaría imposible de comprender porque nadie llegaría al «fondo» del asunto.

«A las personas les cuesta mucho llegar al fondo de los asuntos».

Eso se dijo.

Luego dejó el celular sobre el escritorio, dobló el papel con el verso y lo guardó en el cajón superior. Pasó su mano por la cabeza para comprobar que su pelo estaba como debía y salió de la cabaña.

El lugar estaba en calma aquella noche fría. La neblina se apoderaba a ratos del paisaje y todos los demás dormían.

Se dirigió a su auto con cuidado de no hacer ruido y abrió el maletero. Comprobó que allí se encontraba la pala que buscaba. Entonces vino una imagen a su cabeza: la forma que dibujaban los diez puntos de luz en medio de la oscuridad.

En ese momento se apoderó de esta persona la misma sensación de encierro y asfixia de aquellos días que vivió de «disciplina» en casa, pero al instante este sentimiento desapareció. Tomó la pala y caminó con ella en las manos.

Se dirigió hacia un punto del camino de Badlands Loop. Mientras lo hacía, continuaba recordando «la caja de la concentración». Así la llamaba porque era demasiado vulgar llamarla «ataúd».

La pared superior de la «caja de la concentración» tenía diez agujeros para que no se quedara sin oxígeno al permanecer dentro. Esos primeros días de encierro fueron los más claustrofóbicos, sobre todo cuando los agujeros dejaban de colar la luz y se quedaba en la más horrenda oscuridad. Pero ahora sabía que esa oscuridad había sido su aliada para desarrollar un gran poder de concentración. Recordó que fueron veintiocho días dentro de la caja.

Solo podía salir para comer y asearse. Se dijo que, como la vida no es nada sin un poquito de imaginación, fue buena idea lo de los espejos y la linterna. Fue su primera gran ocurrencia. Así pudo practicar las expresiones y descubrir que el rostro humano puede crear miles de gestos en apenas una hora. Más tarde vino la idea de las cabezas del público bajo el espejo, que se situaba en la parte interna de la tapa de la caja y justo frente a sus ojos. Imaginarse al público había sido también un estupendo ingenio que practicó varias veces a lo largo de su vida.

La persona se sentía satisfecha consigo misma al pensar todo esto y al contacto con la superficie rugosa de la pala entre sus manos. Caminaba en libertad porque sabía que dentro de aquellas cuatro paredes de madera de su niñez había logrado adquirir una disciplina excepcional, madurar y forjar su carácter actual.

«Para crear, hay que padecer», concluyó.

Era justo lo que iba a hacer en pocas horas; crear maravillas.

Cuando llegó al lugar escogido, dejó la pala junto a un árbol y a unas rocas, y la cubrió con una capa de hojas.

Después dijo en voz alta:

«Se fue, pero qué forma de quedarse…».

Entonces emprendió la vuelta a las Cabañas Wells. Lo hizo caminando despacio, con un andar muy particular.

Sentía que la noche le pertenecía.

La tarde del 6 de enero un bus con seis pasajeros recorría la vía Badlands Loop en Dakota del Sur. Formaban parte de un grupo que hacía turismo fotográfico.

Dentro del autobús se escuchaba una melodiosa música. Los pasajeros conversaban y tomaban fotografías del paisaje.

Uno de ellos miró por la ventana y volvió a sentir lo mismo que el día anterior cuando admiraba el ocaso en una de las Cabañas Wells.

—La melodía es preciosa. Invita a meditar. Despierta ese lado místico que todos llevamos dentro y que solo pocos nos atrevemos a reconocer —dijo Linda Donner.

Luego enderezó su espalda y volvió a mirar hacia el frente. A su lado estaba sentado Arthur, su marido desde hacía seis meses.

Arthur le respondió a Linda algo sobre la forma de conducir de Raymond Phelps. No estaba conforme, pero no pensaba decírselo porque ya le había costado bastante que accediera a firmar el contrato por la paga que ambos le ofrecían. También había tenido que consentir que algunas veces Raymond se quedara a dormir en la cabaña pequeña de su conjunto turístico para compensar aquel bajo salario.

—Después de todo, apenas empezamos con el negocio y no podemos ponernos tan quisquillosos, ¿verdad, cariño? —razonó Arthur.

Linda estaba pensando en otra cosa y ni siquiera le respondió.

Kenneth Ryder tenía la cámara fotográfica sobre sus piernas. En ese momento no estaba interesado en el paisaje.

Estaba como perdido, en el limbo. Al menos eso le hizo ver la persona que iba a su lado cuando notó su mirada extraviada.

Los demás a bordo comenzaron de repente a tomar fotos.

Era la primera etapa del *tour* organizado por Arthur y Linda Donner. La idea era recorrer aquella zona del estado transitando la vía Badlands Loop y «captar el maravilloso paisaje, el incomparable espectáculo de la Vía Láctea que podía disfrutarse desde el Parque Nacional Badlands». Eso publicitaba el afiche que colgaba en la pared frontal de la casa que funcionaba como centro operativo de las Cabañas Wells.

Arthur les había aclarado a sus huéspedes que el *tour* fotográfico consistía en dos paseos de cinco horas cada uno. Al otro día irían a admirar los yacimientos fósiles y los riscos de granito de la zona de Needles.

Linda había querido incluir en este primer viaje la visita al antiguo cementerio lakota, pero la propuesta no tuvo buena recepción entre el grupo de viajeros.

—Les digo que haríamos mejor integrando la espiritualidad que todavía encierran estas montañas, las Black Hills, porque son tierra sagrada.

Eso había dicho Linda, en un tono algo amenazante, cuando apenas el autobús comenzaba a andar la ruta aquel 6 de enero.

—¿Por qué lo dices? —preguntó Mary Hasting abriendo todavía más sus grandes ojos grises y moviendo un poco la cabeza a un lado.

En ese momento, Mary hizo la pregunta que todos tenían en mente.

—Por nada. Linda exagera a veces —se había apresurado a responder Arthur Donner en tono cortante.

El paseo continuaba sin imprevistos, pero, de repente, un silencio pesado cayó sobre los viajeros. Uno de ellos pidió al chofer del autobús —a Raymond Phelps— que se detuvieran. Este lo hizo sin preguntar la razón.

La persona que hizo aquella solicitud se bajó del vehículo y se paró en medio de la vía. Ya era de noche.

Nadie reaccionó ante este hecho; el conductor se mantuvo paralizado como si no pasara nada, escuchando la música que no había dejado de sonar desde que iniciaron el paseo.

Minutos después, otra de las personas que estaba en el interior del vehículo siguió a quien se bajó antes y tomó una pala de algún lugar junto a un árbol y a unas rocas.

Se dirigió a la otra persona que se había quedado de pie en la vía y le dio varios golpes en la cabeza. La víctima del ataque pudo ver todo lo que sucedía hasta que sintió el primer golpe. Vio caminar a la otra persona hacia él con la pala en la mano, pero no hizo nada, solo se quedó allí detenido como si fuese incapaz de comprender lo que estaba pasando.

Los golpes no cesaban, la persona que los propinaba estaba movida por una rabia titánica.

Todos en el bus se mantenían con la vista al frente tal como si el viaje hubiese continuado o sus mentes se hubiesen quedado detenidas en alguna de las fotografías tomadas. El paisaje parecía haberlos hipnotizado a todos, a excepción de una mujer que había logrado mantener los ojos cerrados por unos instantes, y no solo para parpadear. Cuando ella los abrió, se dio cuenta de que algo malo ocurría. Estaba confusa y no era capaz de comprender del todo lo que pasaba, pero intuyó que debía bajar para averiguar la razón de la detención del bus.

Preguntó a los presentes qué sucedía, pero lo hizo con dificultad, con solo dos palabras sueltas:

—¿Detenidos…? ¿Desviados…?

La mujer llevó sus manos a la cabeza y luego a sus labios. Algo la hacía hablar despacio y pensar con limitación.

Bajó del autobús y solo entonces supo que se había cometido un asesinato.

En ese momento recobró su agudeza habitual, pero alguien le dio un golpe en la cabeza. Nunca tuvo oportunidad de defenderse.

Anne Ashton cayó inconsciente a un lado de la vía, en Badlands Loop.

2

Estoy en un cementerio. Hay una densa niebla que lo arropa todo. De repente se disipa un poco y puedo ver a un hombre vestido de negro. Está de espaldas a mí y de frente a una lápida que luce nueva, si se le compara con las otras que se encuentran a su lado y que están invadidas por musgo y rodeadas de malas hierbas.

Pienso que es un cementerio antiguo y tétrico, lleno de esculturas de ángeles con las cuencas de los ojos ensombrecidas y de figuras de mujeres que llevan cubiertas las cabezas con velos.

El hombre de negro lloraba inconsolable, sufría. Parecía un niño, aunque encerrado en un cuerpo de alguien adulto, y me transmitía su tristeza a mí. No podía ver su cara, tampoco la escritura en la lápida, pero pude estar en su mente durante unos segundos:

—No te veré más. ¡No podré seguir! Ha sido mi culpa que estés allí encerrado.

Eso pensaba el hombre sufriente.

Creí que iba a desplomarse, a caer sobre sus rodillas y

aceptar que no quería continuar con su vida, pero no lo hizo. Continuaba de pie frente a la lápida, perdido en su pena.

De repente la imagen del hombre y la lápida se nubló, la niebla lo consumió todo y me desperté sobresaltada por el dolor de la pérdida de ese desconocido. Yo también sabía lo que era perder a alguien así. Todavía no me había podido recuperar de la ausencia de Devin. Sabía que el hombre de mi sueño había comprendido el tamaño de la soledad futura que se arrojaría sobre él todos los días. También tenía la sensación de que esa persona existía, que no era una representación de alguien, ni un símbolo.

Miré la hora en el celular, que había dejado sobre la mesa de noche. Eran las dos y veintitrés minutos de la madrugada.

Me dije que debía volver a dormir y cerré los ojos otra vez. Entonces, una visión llegó a mi mente. Era un surco dibujado en una tierra negruzca, húmeda y con sales brillantes. Lo veía con un nivel de detalle increíble, como si mis ojos tuviesen incorporados lentes de aumento. El surco dibujaba una figura, una intersección o una bifurcación, según como se mirara. Parecía haber sido hecha con algún instrumento de punta afilada. Podía ver claramente los trazos en la tierra. Era una figura pequeña, simple, una especie de letra ye mayúscula. Lo que más me impactó fue que junto a ella estaba el hombre del sueño. Vi sus pantalones oscuros, el borde de estos rozaban unos zapatos negros, opacos. En el sueño no había visto sus zapatos, pero tenía la irracional convicción de que se trataba del mismo hombre. Como si le hubiese sido posible salir de mi pesadilla y ahora volver a mi mente en forma de visión, estando despierta.

La imagen desapareció, tal vez producto de la impresión de sentirme acechada por ese sujeto, y abrí los ojos.

¿Qué significaba esa figura?

¿Quién era ese hombre?

Me levanté y fui a la cocina para tomar agua. Escuché la sirena de una patrulla de policía perderse a lo lejos y después un silencio absoluto. Me serví agua en un vaso bajo que había dejado sobre la encimera y cuando terminé de tomarla, súbitamente, pensé en Anne.

Tuve la impresión de que Anne estaba en peligro. El vaso resbaló de mis manos. Lo vi caer al suelo y estallar. Di un paso atrás. Un fragmento de cristal se clavó en mi pie desnudo. Apoyando una sola pierna, llegué hasta la silla en donde me siento a desayunar. Examiné mi pie. Un hilo de sangre salía del trozo de cristal y dibujaba la misma imagen, la bifurcación. Podía ser casualidad o que desde ese momento comenzaría a ver letras Y en todas partes.

Sabía que otras veces había soñado cosas peores, pero por alguna razón no estaba tranquila.

Escuché el sonido de mi celular. No era la alarma, era el tono de una llamada.

3

—Anne ha desaparecido. Presumimos que ha sido secuestrada.

Esas fueron las palabras de Charlize Tonny, la nueva jefa que llegó en sustitución del sargento Jaydan Cooper.

—¿En su casa? ¿Los niños están bien?

—No fue en su casa. Ni siquiera en esta ciudad.

Cuando la jefa Tonny dijo eso, recordé que Anne había viajado por el fin de semana a Dakota del Sur, a Rapid City. Su tío materno celebraba las bodas de plata. Anne nunca se perdería algo así. También recordé que Harry, su exesposo, se había empeñado en que los chicos no viajaran con ella y la convenció para que se quedaran con él.

—¿Dakota del Sur? ¿Rapid City?

—Casi. En las cercanías. Por los alrededores de un conjunto de cabañas en la vía de Badlands Loop.

—¿Qué hacía Anne allí?

—Nadie lo sabe. Nos comunicamos con el hotel en Rapid City. De repente dijo que se quedaría una noche más y cambió el vuelo para la madrugada del lunes. Algo la hizo quedarse en Dakota del Sur un día más. ¿Tienes alguna idea de por qué hizo eso?

—Ninguna.

—Secuestraron a seis pasajeros que viajaban en la ruta de Badlands Loop y los mantuvieron cautivos durante doce horas. Esta mañana han aparecido sin poder explicar qué ha sucedido y creyendo que solo habían transcurrido cinco horas desde que abordaron el autobús. Uno de ellos fue hallado muerto en la vía con la cabeza destrozada, y la teniente Anne Ashton, quien viajaba en ese bus, desapareció.

Nada de lo que decía Charlize tenía sentido. De inmediato, pensé en la oscuridad.

—La víctima es Paul Bristol, quien se hizo pasar por un turista inglés y mantuvo su verdadera identidad oculta ante el grupo. Decía llamarse Ernest, aunque este es su segundo nombre. Es un escritor que publica bajo el seudónimo de Bambi Black.

—Espera, Charlize, ¿viajaban en un autobús?

—Sí. En uno pequeño. Era un *tour* fotográfico. La zona ha ganado fama por sus paisajes naturales. Arthur y Linda Donner han comprado un conjunto de cabañas y ofrecen actividades de esparcimiento. Una de ellas es el *tour* fotográfico.

—Anne jamás demostró ningún interés por ese tipo de cosas.

—Lo más extraño aquí es que los pasajeros no son capaces de narrar lo sucedido; para ellos, no pasó nada extraño. Se mantuvieron de paseo para tomar fotografías todo el tiempo y afirman no haber permanecido en el bus más de cinco horas, tal como era el plan. Tampoco recuerdan que Bristol o Anne se bajaran del bus, ni que este se detuviera por ninguna razón. Simplemente no saben cómo demonios pasó lo que pasó.

14

—Estaré en el departamento en quince minutos —le dije.

—Está bien. Yo voy llegando a la oficina. Trata el tema con discreción hasta que tengamos un plan —me pidió.

Corté la llamada y corrí a vestirme. Puse una bandita en la herida del pie, me calcé, tomé las llaves del auto y salí corriendo de casa. Era demasiado grave lo que sucedía. Tenía la impresión de que mi sueño y mi visión debían estar relacionadas.

En la esquina de la calle Broadway con la calle Lincoln me detuve, atendiendo la señal del semáforo, pero los segundos me parecieron siglos. ¡No podía aceptar que Anne estuviese en peligro o muerta! Un hormigueo me atacó en la base del cuello y la herida en el pie latió. Me sentí gafe: primero Devin y ahora Anne, y me dije que la oscuridad debía estar detrás de lo ocurrido en ese bus.

Si no es así, ¿cómo era posible que nadie recordara lo ocurrido?

Era tan loca la explicación que los pasajeros daban que debía ser verdad. Como coartada, decir que no se recuerda cómo alguien que viaja a tu lado aparece muerto en la vía y ni lo notas, es muy mala. Los cómplices de un asesinato —o dos — se inventarían algo mejor que afirmar que no recuerdan nada.

«Lo que dicen debe ser cierto y ser obra de la oscuridad, que ha seguido a Anne solo por ser mi compañera…».

Esa era la terrible idea que me atravesaba la mente.

El semáforo continuaba sin dar la señal de cambio y yo estaba confusa. Podía continuar, pero nada cambiaría si llegaba antes a la oficina. Pensaba que tenía que llegar a hablar con la jefa Tonny con las ideas más claras. No podía hablarle de la oscuridad abiertamente, pero algo tendría que decirle.

Decidí tomar el celular y buscar en internet el nombre de la víctima y el de su seudónimo. Al menos eso lo sabíamos. Lo primero que apareció bajo el nombre de Bambi Black fue su último libro, *Espíritu residente*. Una novela de fantasmas ambientada en la época de la prohibición. Y luego alrededor de veinte más. La información sobre Bristol era muy vaga en las redes y siempre me encontraba con la misma biografía escueta. Nunca brindó entrevistas y solo se sabía que residía en Londres.

Leí veloz una crítica a «Bambi Black» que afirmaba que había querido imitar el estilo de un escritor superventas de Estados Unidos que recreaba las leyendas ancestrales de los pueblos originarios pretendiendo convertirlas en historias de crímenes actuales.

Cabía la posibilidad de que Bristol hubiese sido un efecto colateral del rapto de Anne. Tal vez no había caído en el trance colectivo que, imaginaba, habían padecido los otros pasajeros del *tour*. La verdad es que las ideas se me agolpaban en la cabeza, se superponían una sobre otra y no podía pensar con claridad.

Además, el hombre de mi sueño continuaba como un eco, como una espina molesta en alguna parte de mi cerebro. Como diciendo que él tenía algo que ver.

El semáforo cambió a verde y continué avanzando, todavía más confusa. Pensé en Rossy García del Subdepartamento de Investigación Virtual. Era rápida, muy lista y tenía criterio e inteligencia emocional. En esto último era superior a Ender, el *hacker* ensimismado que el departamento reclutó y que había renunciado hacía seis meses. Además, Rossy veía a Anne como una figura materna. Iba a respetar la petición de Charlize de no comentar nada sobre su desaparición, pero eso no me impediría pedirle ayuda.

La llamé.

—Rossy, soy Alexis. Necesito que busques urgente todo lo que puedas sobre un hombre llamado Paul Bristol. No su perfil público. Algo más. Luego te explico. También investiga a una pareja: Arthur y Linda Donner.

—Okey —se limitó a responder.

Rossy nunca pedía explicaciones de nada, y era mejor así.

4

Subí los escalones del edificio del Departamento de Homicidios de dos en dos. Llegué casi corriendo al despacho de Charlize Tonny. Juliet Rice, investigadora adjunta de la dirección, me miró conmocionada. Tenía la impresión de que ella y la jefa se habían hecho muy cercanas y que ya sabía lo ocurrido con Anne. Tarde o temprano todos se enterarían.

Juliet se apartó de mi camino y me vio tocar a la puerta de Charlize.

—Adelante —dijo la voz dentro del despacho.

Antes de que entrara, Juliet vino caminando a paso rápido hasta mí, me tocó el brazo y lo apretó un poco.

—Tienes que encontrarla, Alexis —me dijo con los ojos brillantes.

Así era Anne. Todo el mundo la quería. Todos allí la necesitábamos. Anne era como todo lo que estaba bien en un policía, en una persona. Yo también la necesitaba. Habían transcurrido seis meses desde que junto a ella resolví el caso del asesino serial que abandonaba los cadáveres en descampados de Wichita. Eso creó una buena opinión de mí y la sensación de no encajar en el Departamento de Homicidios no había desaparecido, pero sí disminuido. La compañía de Anne tuvo mucho que ver con eso porque me había hecho sentir como en casa.

—Voy a hacerlo, Juliet. No voy a parar hasta encontrarla —le respondí.

—¿Crees que está viva? —me preguntó, soltándome.

—No lo sé —le dije con una sinceridad que me hizo daño.

Juliet tragó grueso, miró hacia un lado, dio la vuelta y se marchó. Esa mirada fue como el cierre de una puerta; de allí en adelante se comportaría como siempre, eficiente, racional, organizada. Su petición de encontrar a Anne había sido como un escape de una parte emotiva y espontánea que Juliet casi nunca dejaba salir a flote.

Entré en el despacho de Charlize. La encontré de pie, mirando hacia el exterior a través de la ventana. Ahora me parecía aún más delgada. Un mechón de pelo se había escapado del moño bajo que siempre llevaba y que aprisionaba tal vez demasiado su cabello rubio. Me dije que lo de Anne también la había alterado.

—Hacía tres años y medio que no deseaba fumar. Uno cree que se despide de las cosas, pero las cosas no se despiden de uno —dijo.

Después se dio la vuelta y caminó hasta el escritorio. Se sentó a la cabecera y me invitó a hacerlo frente a ella. Tenía un cigarrillo sin encender entre sus manos.

—Quiero ir a Dakota del Sur. Necesito hacerlo —le confesé.

Me miró como intentando escrutarme. Un rayo de sol cayó de pronto en la habitación y alumbró su cara. Sus ojos color azul claro tenían la mirada clavada en mí. Pude ver cuando sacó una conclusión sobre lo que acababa de decirle. Esperé la negativa para contraargumentar.

Hizo silencio y tomó su celular. Marcó unos dígitos en él y esperó.

—Jefe Gabriel Martin. Soy otra vez Charlize Tonny del Departamento de Homicidios de Wichita. Tal como le dije hace unos minutos, la agente Alexis Carter viajará a Rapid City hoy mismo.

5

—Sɪɴ ᴇɴᴛᴜsɪᴀsᴍᴏ, pero sin poder decir que no. Una de mis agentes está desaparecida, y aunque creo que estuvo a punto de negarse, al final aceptó. Me refiero a Gabriel Martin. Es el jefe de Homicidios en Rapid City, la ciudad más cercana al lugar del asesinato y la desaparición de Anne —me dijo Charlize cuando terminó la comunicación telefónica.

—Te lo agradezco, Charlize.

—No lo agradezcas. Algunos pensarían que la cercanía entre dos agentes, una desaparecida y la otra en su búsqueda, es un elemento en contra para obtener buenos resultados. Yo no soy de esas. Para mí es al contrario. No lo estropees, Alexis. Consigue algo rápido.

Ahora la luz que había entrado en la habitación desapareció y Charlize miró desde el lugar donde se hallaba hacia la ventana.

Luego tosió brevemente.

—Es todo, agente. Ya lo he informado a todos. Hace unos minutos. Nadie comentará nada fuera de este lugar. Ahora me dirigiré a casa de Harry, el exesposo de Anne. Es de las cosas que más detesto de este trabajo, y la verdad es que son pocas las que no me gustan.

Comprendí el detalle en su peinado, el mechón fuera de lugar. Supe que desde temprano Charlize estaba pensando en que le tocaría dar esa terrible noticia a la familia de Anne.

—Apóyate en Juliet, en los chicos de Investigación Virtual, en cualquier compañero que, vislumbres, puede ayudarte a conseguir resultados lo más rápido posible.

—Con Juliet y Rossy García estará bien, al menos hoy —respondí.

—De acuerdo. A trabajar —me dijo y se levantó.

Yo también lo hice y me dirigí a la puerta del despacho.

—¿Tienes alguna idea de lo que hacía Anne en ese *tour* fotográfico a varios kilómetros de la ciudad donde tuvo lugar la celebración familiar? —me preguntó.

Me detuve y volteé.

—Ojalá la tuviera —le respondí.

—El lado oscuro…

—¿Qué dice, jefa?

—Todos lo tenemos. Tú lo sabes, estudiaste Psicología y eres perfiladora.

—Ya —alcancé a decirle.

—Preguntaré a Harry, a sus familiares. Alguien tiene que saber algo. O tal vez su interés fuera místico. Hay quienes creen que esa zona del país conserva una energía sagrada, potente. La de los lakotas en las Black Hills, las montañas cerca del lugar de los hechos —me informó.

—Anne no creía en nada de eso. Su religión era, digamos, bastante conservadora —expliqué.

—Pero algunas personas, en ciertos momentos de la vida, dan un giro. ¿No has escuchado que ahora mismo hay grupos reviviendo la adoración a los dioses del Olimpo en contra de los ortodoxos, en Grecia? Se han convertido en un problema de seguridad porque quieren realizar sus ritos en la Acrópolis —argumentó.

—Me cuesta pensar que Anne se haya visto inundada por ideas religiosas tan diferentes a las que siempre ha creído —insistí.

—Lo cierto es que una persona va a una fiesta de un tío y la pasa bien. Sobre todo, si es una persona familiar como lo es Anne. Y luego, de repente, cambia de planes, pospone el regreso y se va a mirar paisajes y a tomar fotos. No tiene sentido en ella. Es como si se hubiese salido del carril, como una desviación.

—Una desviación… —repetí.

La figura en la tierra de mi visión volvió a aparecer en mi cabeza.

6

Llamé a Juliet y a Rossy a la sala de reuniones. En menos de tres minutos estuvieron allí. Nos sentamos en torno a la mesa dispuesta frente a una pizarra blanca.

Normalmente, en esa sala se escuchan las voces del exterior, pero en ese momento no escuché nada. Era un silencio sepulcral.

—¿Te crees lo del bloqueo mental? —preguntó Juliet, rompiendo el mutismo, y continuó—. ¿Que ninguno de los pasajeros se acuerde de nada, de haber visto algo…?

—No lo sé. Es muy temprano para afirmarlo o negarlo. La verdad es que me parece una explicación tan inusual y tirada por los pelos que puede que sea cierta —le respondí.

—Es verdad —opinó Rossy—. Y hablando de los pasajeros, he estado los últimos quince minutos investigando sobre ellos. Eran cinco personas si contamos al chofer y no contamos ni a Anne ni a Bristol.

Hizo una pausa y después inspiró. Llevó la mano derecha a su frente sin objeto alguno, dio un toque a su flequillo de estilo bob y luego volvió a bajarla. Las pulseras plateadas que llevaba puestas tintinearon. Comprendí que ella era la más afectada de las tres. No sabía cómo procesar en su interior la desaparición de Anne. Siempre había visto a Rossy como lo que es, una chica de veinticinco años con una inteligencia prodigiosa, tranquila, bondadosa, enamorada de sus dos gatas y siempre vestida de negro.

Entonces recordé las veces que vi juntas a Anne y a Rossy. Bromeaban, reían. Podrían haber parecido madre e hija. No sabía nada de la historia familiar de Rossy, solo que había venido de Puerto Rico y que llegó a Wichita hacía quince años, que amaba su trabajo dentro de la oficina y que nunca había visitado la morgue. Su mundo era como una fantasía, como un videojuego, y todos nosotros éramos avatares. Por eso debía ser impensable para Rossy que la gente en realidad fuese violenta. Era algo con lo que tenía que convivir, pero que había convertido en una especie de abstracción refugiándose en su mundo de computadoras. Ahora a alguien que quería, tal vez más que Juliet y que yo, esa garra de violencia que ella pretendía ignorar la había hecho desaparecer.

—Todos estamos afectados, Rossy. Está bien. Cuanto más rápido avancemos, más oportunidades tenemos de dar con Anne —le dije.

—Sí. Perdona, Alexis —se recompuso y movió sus brazos hacia abajo. Otra vez las pulseras, ahora de ambos brazos, chocaron entre sí y produjeron un sonido metálico y agudo que quedó en el ambiente unos segundos.

—Los pasajeros… —recordó Juliet.

—Kenneth Ryder, 28 años, ciclista y senderista. Familia de ingresos promedios. Estudió Economía, pero nunca ejerció. Se ha dedicado a recorrer todos los rincones de Dakota del Sur y del país. Es activo en las redes, pero por debajo del promedio. Todas sus fotografías son en escenarios naturales.

—¿Y de qué vive? —preguntó Juliet.

—Creo que de su atractivo físico.

7

Ambas la miramos.

—O al menos podría hacerlo. No es un gigoló declarado ni nada de eso. Pero es un hombre bastante guapo. Creo que llama mucho más la atención por su excelente estado físico. Ha sido entrenador en Rapid City. También trabajó en un gimnasio de buena fama hace un par de años.

—Y tú piensas que la mayoría de sus clientes son mujeres y que agradecen poderle tener cerca, entrenándolas —sintetizó Juliet.

—Sí. Algo así. Pero también podrían ser hombres.

—¿Tuvo alguna vez contacto con Paul Bristol? —pregunté.

—No. Ninguno. Tampoco ha viajado a Londres jamás. No ha pisado el Reino Unido. En realidad, ninguno de los pasajeros del autobús conocía a Bristol antes. No hay prueba de ello en las redes, ni en sus vidas reflejadas en los sistemas informáticos.

—Sin embargo, no toda la vida está reflejada en sistemas informáticos. ¿Verdad? —puntualizó Juliet.

—Casi toda —respondió Rossy.

Ellas eran como agua y aceite.

—Podría dejar aquí ahora mismo mi celular, y salir caminando a la cafetería de la esquina y encontrarme con alguien. Conocerlo y luego volver aquí. Nadie sabría que conocí a esa persona.

—Pero si luego comienzas a frecuentarla, tu teléfono te ubicaría cerca de ella. O el pago de tu tarjeta, o el GPS de tu auto, o el comentario que hagas en alguna de las redes… —contraargumentó Rossy.

—Faltaría analizar los celulares —atajé—. Eso debe hacerlo el Departamento de Homicidios de Rapid City. Continúa, Rossy —le pedí.

—Arthur Donner, 60 años. Casado por segunda vez hace seis meses con Linda Donner, quince años menor que él. Es gestor cultural, ha gerenciado algún museo de poca importancia en Dakota del Sur. Ahora se dedica al turismo cultural. Vendió las propiedades que poseía, y que le había dejado en herencia su madre, y compró las Cabañas Wells. Linda es artista plástica. Su huella en las redes está dominada por la exposición de sus obras y sus comentarios sobre ellas. No me parece que sean muy populares ni muy cotizadas. Ha dicho alguna cosa inexacta en una de sus entrevistas.

—¿Cómo de inexacta? —pregunté.

—Por ejemplo, dice que el uso de los crayones de cera color rojo está relacionado con el suicidio en adolescentes, por la tremolita que poseen, una forma de asbesto.

—Vaya… —exclamó Juliet.

—Ya. Cree que todo lo que piensa es verdad, sin importar la comprobación real de sus afirmaciones —concluí.

—Sí. Algo así —completó Rossy.

—Es una gran ignorante —sentenció Juliet.

Rossy la miró con curiosidad. Creo que la mentalidad

cartesiana de Juliet le causaba asombro. Después continuó hablando. Fue cuando dijo algo que me alarmó.

—Linda Donner también afirmó en otra entrevista, sin casi ninguna importancia, que las montañas «observaban rabiosas la vía de Badlands Loop y que esa energía oscura se estaba desbordando ahora mismo».

8

—¿CUÁNDO dijo eso? —pregunté, intentando ocultar el interés que las palabras de Linda Donner habían suscitado en mí.

—Déjame ver… —Rossy sacó del bolsillo de su falda de encajes negro, un celular, tecleó y miró—. Eso lo dijo hace dos meses, el 15 de noviembre.

—¿En qué contexto? ¿Por qué hablaba de una energía oscura? —interrogué.

—Tiene que ver con su última exposición de obras. La presentó en Rapid City en una galería de los suburbios. El tema recurrente en ellas es algo como una bestia que mira por una ventana a las personas. Parece un búfalo, aunque a mí más bien me parece un minotauro. Ella no ha aclarado qué clase de criatura es en realidad. Es bastante críptica cuando ofrece detalles sobre sus obras, y como te digo, no goza de buena fama como artista.

—Está bien. Continúa, Rossy —le pedí.

—Nos quedan Mary Hasting y Raymond Phelps. La primera es una veterinaria que siempre ha vivido en Rapid

City. Tiene 35 años. Es prácticamente inexistente en las redes. Solo he visto alguna foto de ella en compañía de varios perros hermosos, de unos no tan hermosos, y de varios gatos. Uno de ellos se parece a mi gata Ava. Y Phelps ha sido mecánico toda su vida. Desde que murió su hijo, hace pocos meses, se ha dedicado a ser chofer de autobuses. El hijo vivía con él. Creo que tenía cierta condición de salud especial. Tengo que investigarlo mejor…

Noté que Juliet iba a interrumpir a Rossy, pero desistió de hacerlo. De seguro iba a preguntarle cómo se había enterado de eso.

—Ahora Phelps está contratado por los Donner para labores de apoyo y transporte de las Cabañas Wells. Esto es todo lo que sé hasta ahora. Estos dos son los menos visibles en las redes —continuó Rossy.

—¿Hubo antes algún evento parecido a este en esa zona? —pregunté.

—No que haya visto. Puedo investigar más. Solo sé que ese lugar está plagado de leyendas sobre los indios lakota.

—Entonces, la víctima es un escritor inglés que viajó a Dakota del Sur, se encerró en una cabaña en una zona con historia indígena, no conocía a nadie, además se presentó con otro nombre al registrarse, manteniendo oculta su profesión… —dije.

—Pero fue a ese lugar con la intención de escribir una novela basada en las prácticas ancestrales o sobre los espíritus que se apoderan de las personas en la época actual. Iba a llamarlo «la rabia».

«La rabia… las montañas rabiosas de Linda Donner y la cabeza de Bristol destrozada…», pensé.

—Pero ni siquiera había comenzado a escribirla. Solo tenía algunas ideas… —explicó Rossy.

31

9

—¿Cómo sabes eso? —preguntó Juliet.

—El escritor era como todos los escritores, con un gran ego. Así que busqué en el millón de cosas que ha firmado como Bambi Black en internet y descubrí, atando cabos, la contraseña de uno de sus… Es igual. En resumen, accedí a unos apuntes que había tomado dando forma a su nueva novela. Solo he logrado entrar en un documento. Se trata de la fotografía de una hoja que muestra lo que debe ser su escritura. Supongo que era de esos escritores que, cuando tenía una idea, debía escribirla de inmediato porque si no la perdía. Y luego, para conservar el escrito, toman una foto y la suben a la nube.

—Muéstranos la foto —pedí.

Ella buscó la imagen en su teléfono y lo puso sobre la mesa. Juliet y yo nos acercamos para verla.

—Mostraba palabras sueltas y una fecha: «Nueva historia del brillo de la rabia», «1920», «Espíritus cegados por la luz, sacrificio», «Bisontes», «Gran Bisonte», «Rencor», «Pestilencia», «Rapid City», «Oscuridad».

Mis ojos quedaron fijos en la pantalla del teléfono de Rossy. Escuché que ellas dos hablaban, pero yo no podía quitar la vista de la pantalla. Varias cosas vinieron a mi mente como un alud, y todas se resumían en lo que esa última palabra significaba. La oscuridad que me persigue y que ahora había atrapado a Anne. ¿Por qué Bristol pensaba escribir sobre ella? ¿Qué tenía que ver Dakota del Sur con ella?

Después me dije que «oscuridad» era una palabra como cualquier otra, y si Bambi Black se dedicaba al tipo de género de suspense fantasmal y paranormal, no era tan extraño que quisiese conocer las zonas del país que contaban con historia de tribus ancestrales que podían ofrecer rasgos interesantes a sus novelas.

Podía ser que estuviera comportándome de una manera paranoica.

—¿No lo crees, Alexis?

Eso me preguntó Juliet y yo no tenía idea de qué hablaba. Me había desconectado por completo de la conversación.

—Creo que antes de afirmar algo así hay que investigar más. Puede que, como has dicho tú misma, Bristol sí conociera a alguno de los pasajeros, aunque ese hecho todavía no lo hemos detectado —respondió Rossy.

No sabía de qué hablaban, pero la intervención de Rossy disimuló mi distracción.

—Supón que uno de los pasajeros conocía a Bristol. Concedido. ¿Cómo logró ese pasajero, que presumimos es el asesino de Bristol, hacer que los otros fuesen sus cómplices? —preguntó Juliet.

—O estamos ante un homicidio cometido por un grupo de asesinos que no parecen tener mucho en común, al menos aparentemente, o es cierto lo que dicen y no recuerdan nada, no sé cómo —aventuró Rossy.

Hizo una pausa. Luego continuó.

—Hay una tercera posibilidad: que sea cierto que las montañas de ese lugar están rabiosas y esa rabia se haya apoderado de todos en ese bus. Que entre todos hayan asesinado a Bristol porque venía a escribir sobre lo que para ellos sería una especie de profanación.

—No puedo creer que de verdad pienses eso —dijo Juliet con un rictus de amargura.

—No es que yo lo crea. Pueden creerlo ellos. Y si es así, pueden estar convencidos de que actuaron bajo una fuerza superior. Un asesinato cometido en grupo, de gente poseída…

Las tres hicimos silencio.

Estábamos pensando lo mismo.

Si nos encontrábamos enfrentando a una secta que era capaz de esconder su existencia de esa manera, cuyos integrantes pasaban por personas sin puntos en común más allá del interés por la fotografía y los paisajes, lo más seguro era que Anne ya estuviese muerta, porque debía saber demasiado sobre ellos.

La pregunta que me hacía era si el hecho de que Anne estuviese allí era casualidad.

10

Dejé la oficina y fui a casa a empacar lo mínimo necesario. No podía pensar con claridad. Quería llegar pronto a Rapid City y conocer a los pasajeros y al chofer del autobús. También quería tocar el cadáver. El cuerpo de Paul Bristol.

Llegué al Aeropuerto Nacional Wichita Dwight D. Eisenhower.

Después de registrarme en la aerolínea, me dije que tenía que calmarme: el vuelo hacía escala en Dallas y duraría cuatro horas y veinte minutos. Para pensar con claridad, debía apartar el miedo que me producía la idea de que Anne estuviese en peligro de muerte o que ya estuviese muerta.

Pensé que haberme reunido con Rossy y con Juliet tampoco había ayudado. Cada una mostraba su preocupación por Anne afilando aún más los rasgos de su personalidad; Juliet se ponía más pesimista y sarcástica, y Rossy más dispersa. Eso generó un ambiente de tensión en la sala que resultó molesto. Al menos para mí, que pensé cosas que no podía compartir con ninguna de ellas. Mi verdadero temor sobre la oscuridad solo podía saberlo Lilian Peterson, la forense del departamento que desde el principio supo mi secreto. Pero no había tenido tiempo de hablarle. Desde que recibí la noticia de la desaparición de Anne, no había parado.

Me senté en una de las cafeterías del aeropuerto y tomé un café solo, sin azúcar. Desde allí podía ver los aviones y pensé en Anne. Ella los detestaba. Aun así, se atrevió a subir a uno. Eso me dijo antes de viajar a Rapid City:

—Voy a la celebración de las bodas de plata del tío Tom. Lo quiero un montón. Es mi tío preferido. Lo quiero tanto que me embarcaré en un horrendo avión. No uno, sino dos. El vuelo hace escala en Dallas y estaré en el aire más de cuatro horas. Creo que rezaré todas las oraciones que conozco y también inventaré alguna nueva. Tendré que enfrentarme a esos monstruos mecánicos.

Aparté varias lágrimas de mis ojos. En momentos así era cuando tenía que demostrar que valía para conseguir una solución. No podía detenerme en la pena.

Una niña me estaba mirando con atención. Su madre, a su lado, la reprendió. Debió decirle algo como «deja de mirarla de esa forma», pero la niña no obedeció. Entonces sonrió. Me saludaba. Hice lo mismo. La madre la tomó de la mano y se la llevó.

«¿Qué sentido tenía cortarle la espontaneidad a la chica?», pensé.

Terminé el café y me dirigí a la puerta de embarque. Llegaría al Aeropuerto Regional de Rapid City a las seis de la tarde. Había un ligero retraso en la salida.

Entonces se me ocurrió algo que podía sonar extraño, pero estaba dispuesta a correr con las consecuencias. Siempre me había acompañado la sensación de no encajar donde llegaba, sobre todo en el Departamento de Homicidios de Wichita, por mi forma de investigar, aunque había sabido vivir con eso. Ahora el mundo entero podría considerarme un bicho raro que hacía preguntas extraordinarias, y no me importaba si con eso daba con el paradero de mi compañera.

Así como Juliet y Rossy, mi naturaleza también se había agudizado ante la idea de perder a Anne.

11

Me dirigí al mostrador del embarque. Escogí a mi presa. La chica que se veía más experimentada y también al mando. Me acerqué a ella y hablé en voz baja.

—Hola. Soy Alexis Carter, del Departamento de Homicidios de Wichita. ¿Tienes un minuto?

Más allá del normal asombro por mi presentación, la mujer reaccionó con rapidez.

—Hola, Alexis. ¿Ha pasado algo?

—Nada. No te preocupes. ¿Podemos hablar allí? —Señalé un espacio libre de pasajeros y empleados, a unos tres metros de donde estaba el mostrador de embarque. Estaba justo al lado del ventanal desde donde podía verse el avión que abordaríamos.

—Sí —dijo ella.

Caminamos hacia el lugar y aproveché para mostrarle mi identificación. Ella asintió moviendo la cabeza.

—¿Estuviste aquí trabajando hace cuatro días? ¿El 3 de enero?

—Sí.

—Bien. Así que recibiste el *boarding* de los pasajeros.

—No de todos. Somos dos personas recibiéndolos y algunas veces tres. ¿Es que ha sucedido algo malo?

—No. Sé que te va a parecer extraña la pregunta, pero tal vez lo hayas notado: ¿había alguien muy asustado antes de subir al avión?

—Algunas personas se ponen nerviosas. Es natural. Pero sí que había una mujer simpática, de baja estatura, que lucía fuerte, que creo estaba aterrorizada. Miraba a un lado y a otro. Luego hacia arriba y tomaba con las manos una medalla que le colgaba del cuello. Creo que estaba rezando. También noté que sacó algo de su bolso de mano, creo que una pastilla, y la tomó sin agua. Pensé que podría dar problemas en el vuelo, pero nadie reportó nada extraño. La gente que manifiesta tanto miedo a volar, normalmente, lo hace por una buena razón. Y esa «buena razón» es más importante que el miedo que le producen los aparatos.

—Así es...

—Fanny. Me llamo Fanny Rao.

—¿Esta es la mujer? —le pregunté mostrándole una fotografía de Anne en mi celular.

Asintió.

—¿Puedes decirme en qué lugar se sentó, si es que lo hizo?

—En aquella silla. Sí. Estoy casi segura. En la tercera de la última fila. El poco tiempo que estuvo sentada...

—¿Por qué?

—Caminaba inquieta. Incluso se detuvo aquí mismo, donde estamos, y creo que apoyó las manos sobre este cristal. Miraba el avión desde aquí. Me parece que era valiente. Cuando alguien tiene fobia a los aviones, intenta no verlos.

Allí estaba el ventanal detrás de mí. A pocos pasos. Tal vez sería una posibilidad para saber algo más de Anne. Una que me hiciera comprender por qué había ido a ese *tour* fotográfico. Sobre todo, quería aferrarme a una esperanza de que todavía estuviese viva.

12

CAMINÉ Y TOQUÉ EL CRISTAL. No sentí nada. Mi mente quedó en blanco. Abajo podía ver el avión, y a varios hombres inspeccionándolo.

—¿Puedo hacer algo más por usted? —me preguntó Fanny Rao.

Volteé y le di las gracias. Ella volvió al mostrador y yo me dirigí a la silla donde me había dicho que Anne se había sentado.

Pude imaginarla allí, muerta de miedo, pero pensando en su tío Tom. Me senté tal como ella debió haberlo hecho. Entonces, un miedo enorme se apoderó de mí. Las piernas comenzaron a temblarme con movimientos que podían haber sido visibles para cualquiera que me estuviera observando.

«Pobre Anne», alcancé a decir. Me levanté y esperé a que iniciara el abordaje del avión, pensando en que debía hablar con los tíos de Anne. Tal vez ellos podrían aclararme su estado de ánimo, porque puede que les haya explicado la razón de su visita a las Cabañas Wells.

En ese momento me llamó Harry, el exesposo de Anne.

Para mí continuaban siendo esposos, solo que de una manera diferente. Seguían viéndose cada fin de semana y pasaban tiempo junto con los chicos. Aunque Harry tenía una nueva pareja, me daba la impresión de que el lugar de Anne no estaba del todo sustituido.

—Alexis, ¡es terrible! ¿Qué ha pasado? Alguien tuvo que obligarla a ir a ese lugar. Estoy seguro de que no fue por voluntad propia. ¿Anne tomando fotos de paisajes? Nunca. Una vez hablamos de ello. Le parecía una actividad superficial, excéntrica. Una moda sin sentido. ¿Qué le ha pasado a mi Anne?

—No lo sé, Harry. Pero ten la seguridad de que te mantendré informado de lo que descubra. ¿Puedes continuar diciéndome lo que pensaba Anne de ese tipo de actividades? Cualquier cosa que me digas sobre eso o sobre su viaje a Rapid City estará bien. Podría ser útil.

—No sé mucho. Adora al tío Tom. En relación con esos *tours* fotográficos, me dijo que si a uno le gusta algo, un paisaje u otra cosa, toma una fotografía en cualquier momento y no necesita ir en grupo para hacer eso. Mantenía que la inspiración aparece en un momento, porque algo te parece hermoso, y que no necesitas estar en conexión con otros para buscarla. Pensaba que, cuando se estaba en búsqueda de algo así en grupo, pocas veces se encontraba y se terminaba siendo superfluo.

—Entiendo. Harry, te dejo. Ya voy a abordar el avión. Te mantengo informado. Si recuerdas algo, o en casa de Anne encuentras algo que nos ayude a comprender este cambio de destino que quiso dar, algo que la pudiera haber llevado a querer conocer el paisaje de Badlands Loop o la zona de Black Hills, por favor, cuéntamelo.

Me despedí de él. Estaba deshecho. Era mejor que no continuara hablando con gente que conocía a Anne al menos durante ese día. Mi angustia se mezclaba con la de ellos y quedaba en peor situación.

Volví a detenerme en el lugar donde lo había hecho Anne. Toqué de nuevo el cristal. Desplacé mis manos en la superficie del vidrio del ventanal, intentando percibir algo. En ese momento sentí que alguien ponía su mano en mi hombro. Era una mano fría, como un trozo de hielo.

13

—Perdone, había olvidado algo y de repente lo recordé —me dijo Fanny Rao.

Parecía satisfecha.

—Creo que la persona que le interesa, la mujer aterrada de hace cuatro días, reconoció a uno de los pasajeros. Se quedó mirándolo con una cara extraña. Era un hombre que estaba esperando para abordar. No viajaba solo. Iba con una mujer, su novia o su esposa. Antes los vi besándose.

—¿Está completamente segura? —le pregunté.

—Sí. Estoy segura. Cuando vio a esta pareja, le digo que su expresión cambió. Por un momento creo que hasta dejó de sentir miedo.

—Antes me ha dicho que fue cuando vio al hombre y ahora ha dicho «pareja». ¿Pudo ser que le sorprendiera ver a la mujer y no al hombre? —pregunté.

—Sí pudo ser. Estaba mirándolos a los dos —concedió.

—¿Qué la hace pensar que los reconoció? —indagué.

—Porque uno mira diferente cuando reconoce algo o a

alguien. Creo que podría ser por la atención que les prestaba. No lo sé explicar… —me respondió.

—¿Esas personas, el hombre y la mujer, abordaron el mismo avión con destino final a Rapid City?

—Sí —afirmó ella.

—Gracias. Voy a necesitar que me envíe a esta dirección electrónica la lista de los pasajeros de ese vuelo —le dije y me despedí.

Podría ser algo importante lo que Fanny Rao acababa de decirme. Me pasó por la cabeza que tal vez Anne reconoció a alguien que abordaría el avión y que por ello cambió de planes. Pero eso no aclaraba por qué terminó en el *tour* fotográfico de los Donner. A menos que uno de los pasajeros del bus también hubiese sido pasajero del mismo avión al que subió Anne. Si era así, íbamos a saberlo muy pronto.

Comenzó el abordaje. Cuando me desplazaba por el pasillo para entrar en el avión, llamé a Rossy. Le pedí de inmediato las fotos de quienes iban a bordo del autobús. De las cinco personas que acompañaban a Anne en Badlands Loop y también de Paul Bristol.

Esperé unos segundos, y cuando recibí el correo de Rossy, me detuve, volví sobre mis pasos y busqué a Fanny Rao. Le mostré las fotos.

—¿Alguno de ellos abordó el avión el 3 de enero? —pregunté.

Se tomó su tiempo observando las imágenes, hasta que llegó a una conclusión.

14

No pudo reconocer a nadie. Si en efecto Anne conocía a alguien de ese vuelo, no fue ninguno de los participantes del *tour*. Pudo haber sido cualquier persona. Anne era bastante sociable y siempre había vivido en Wichita, así como su familia. Ella conocía a mucha gente.

Me dije que tenía que dejar de hacer de cada pequeña cosa una posibilidad, una pista. Pero luego me afirmé lo contrario. Lo único que tenía para hallar a mi compañera era intentar ponerme en sus zapatos, comprender sus últimos pasos, intentar dar con sus pensamientos y explicarme sus últimas decisiones.

Me senté en el asiento que me correspondía en el avión, junto a la ventanilla. Imaginé a Anne aterrada, esperando el despegue.

«Si tan solo no hubieses ido a esa fiesta», pensé. Cerré los ojos. Dormí unos minutos. Me despertó el traqueteo del avión. A mi lado iba un hombre que intentó sin éxito buscarme conversación. Luego renunció a ello y se puso a leer una revista.

Volví a cerrar los ojos y entonces tuve una visión. Fue un resplandor insoportable, un brillo muy potente que hizo que todos los objetos y personas se vieran como siluetas muy oscuras. Estaban en un avión. Eso me parecía, aunque también en ese momento me pareció que podía ser un tren.

Pude ver las sombras de cinco personas: dos mujeres y tres hombres. Las siluetas eran las de los cinco a bordo del autobús del *tour* fotográfico.

Era como si se dirigieran a gran velocidad al sol, el brillo era irresistible. El resplandor provenía del exterior y entraba por las ventanas. Iban a estrellarse contra algo muy refulgente. En ese momento, la visión desapareció.

Abrí los ojos. El hombre de al lado me miraba y me preguntó algo que no entendí.

—¿Perdone? —le dije.

—Me pareció que decía usted alguna cosa —me respondió.

Le dije que no y dirigí la mirada hacia abajo. Allí estaba la revista que antes había estado hojeando, sobre sus piernas. Estaba abierta en una página que mostraba en el escrito: «Hombre de las cavernas dentro de un bloque de hielo sorprende a senderistas en un parque en Minneapolis». También pude reconocer más abajo la imagen del bisonte de Altamira.

—¿Podría prestarme su revista? Solo un momento —pedí al hombre.

Ni siquiera sabía por qué lo hacía. Estaba confundida y caminaba a tientas.

El hombre me ofreció la revista y miré mejor las imágenes. Recordé las obras de Linda Donner de las que me había hablado Rossy, en las que el tema recurrente era una bestia negra, un búfalo o un minotauro que miraba a las personas. El bisonte de Altamira también era una figura negra y roja que el hombre del Paleolítico miraba en el techo de su cueva. Tal vez pensara que ella también lo observaba a él.

«Una bestia que siempre nos está mirando», dije en voz alta.

El hombre a mi lado movió la mano y pude ver un anillo dorado que llevaba puesto. Casi ocultaba la mitad de su dedo medio y allí estaba el grabado de Vitruvio girando, burlándose de mí, como el de la moneda que extrajeron del cadáver de Devin…

Desperté brincando en el asiento. A mi lado no había nadie, el asiento siempre había estado vacío. Ningún hombre ni revista, ni bisonte. Todo había sido un sueño. Una visión y un sueño después, o una visión dentro de un sueño.

Temí que las cosas confusas que se plantaban en mi cabeza estuviesen empeorando por la ansiedad que me producía la desaparición de Anne. No sabía traducir el significado del resplandor de la visión, pero era claro que la silueta de Anne no estaba allí. Solo la de los otros pasajeros del *tour*. Temí por la vida de Anne porque tampoco vi la silueta de Paul Bristol, que, todos sabíamos, estaba muerto.

Fue la primera vez que me planteé que a esas alturas Anne ya no vivía.

La otra parte del sueño, la del hombre con el anillo de Vitruvio, me hacía sentir gafe y culpable, y pensar que la oscuridad estaba detrás de todo. Amaba a Devin y él murió de una forma horrible. Quería a Anne y temía que ya hubiese tenido un destino similar al de él.

¿Sería mi culpa?

¿Sería la oscuridad que destruía todo lo que yo tocaba y valoraba?

Por primera vez consideré seriamente que los pasajeros de ese autobús y su chofer fueran todos parte de la oscuridad, y por eso había visto sus siluetas tan oscuras.

¿Pero por qué el bisonte?

¿Y por qué en el sueño recordé las pinturas de Linda Donner?

15

LLEGUÉ al Aeropuerto Regional de Rapid City a las seis y veinte minutos de la tarde del día 7 de enero. Tomé un taxi que me condujo al Departamento de Homicidios en la sede principal de la Comisaría de la Policía de la ciudad.

Se trataba de un edificio de una sola planta más pequeño que los de otras comisarías que había conocido.

Me presenté ante el funcionario que aguardaba tras el mostrador de la entrada y me dijo que continuara caminando hasta el final del pasillo y buscara el despacho del jefe inspector Gabriel Martin. Eso hice.

Sentí que varias miradas se posaban sobre mí. Intercepté algunas de ellas. Esta vez me observaban con extrañeza, pero no porque conocieran mis métodos; no podían conocerlos. Sino porque no pertenecía a ese cuerpo ni a esta ciudad. Podría ser una intrusa para ellos aunque fuese perfiladora en Wichita.

Un hombre muy alto y de contextura fuerte, pelo rubio y entrecano, con el rostro bronceado, salió al pasillo y se quedó de pie observándome. Luego volvió a entrar en la sala de donde había salido.

Escuché que pronunció mi nombre con una voz que tronó y me dijo que pasara. Entré en un despacho pequeño en donde había un escritorio demasiado grande. Estaba lleno de papeles y dos portarretratos de marco plateado entre ellos.

—Soy el jefe Gabriel Martin y usted es Alexis Carter de Wichita. Adelante. Siéntese —me dijo con una entonación imperativa.

Su voz tenía un tono muy grave. Se veía a todas luces que era un hombre dominante.

Una mujer muy delgada que vestía falda negra y blusa blanca entró en el despacho. Él la miró y después me preguntó si quería algo de beber. Le pedí un café solo.

—Gracias, Netty —dijo suavizando un poco la voz.

Me senté frente al escritorio y a Gabriel Martin. Esperé a que él tomara la palabra. Me fijé que a su espalda, colgando en la pared, había varias fotografías donde podía vérsele con una mujer que aparentaba su edad, de unos 55 años, y con varios chicos y jóvenes que se le parecían. Había otra foto donde Martin estaba junto a un pez de tamaño mediano.

Él notó que me quedé mirando la segunda imagen.

—Se llama Trucha Asesina. No sabemos cómo hizo para llegar a los arroyos de Black Hills.

Exhibe a su familia, es conservador, tradicional, aficionado a la pesca. Cree en el mantenimiento del orden aunque su escritorio sea un desastre. Debe ser de mentalidad cerrada en cuanto a muchos aspectos, por lo tanto, reacio al cambio, y debe estar molesto de que yo esté aquí, como la trucha…

—Tal vez fue algo fortuito que ese animal llegara a esos arroyos —dije.

—Imposible. Las casualidades en los ríos no existen.

Alguien debió haberla introducido en esas aguas. Aquí los peces no aparecen de la nada.

Me seguía pareciendo que me enviaba mensajes entre líneas.

—Bien, detective Carter, este asunto no pinta bien para su compañera Anne Ashton.

—¿Qué quiere decir? —pregunté.

16

—No creerá que Anne...

—Yo no creo nada. Le estoy hablando de los hechos y las posibilidades. ¿Qué tan estable emocionalmente es Anne Ashton? Lo digo, luego de su divorcio y del problema que tuvo con un expresidiario hace unos meses. Nos hemos enterado de «cierta» conducta de Ashton con ese asunto del expresidiario. Parece que desarrolló una actitud algo paranoica.

Presentía que algo así sucedería. Vino a mi mente en un segundo la figura y los surcos en la tierra. Me pareció en ese momento que aquel dibujo tenía relación con la explicación que estaban dando a lo sucedido: que Anne se volvió loca y perdió la razón. De allí la bifurcación que vi, como si la mente de Anne se hubiese torcido o descarrilado. Mi compañera desaparecida no podía defenderse. Además, Rapid City era una ciudad pequeña de menos de 60 000 habitantes y lo que pasó ocurrió cerca, pero a la vez podría decirse que en medio de la nada, en un lugar rodeado de naturaleza. Ese es un perfecto escenario para la comisión de crímenes porque estos son «solucionados» con las explicaciones más convenientes. Es mejor que el responsable sea el que viene de afuera. La culpabilidad de Anne era la solución idónea para este caso; era la teniente de Wichita que había enloquecido.

—No podemos excluirla de las sospechas —dijo moviendo la mirada hacia uno de los papeles sobre el escritorio.

Me dije que tenía que calmarme antes de responder. Culpar a Anne era lo más absurdo que había oído en mi vida, pero no podía enfrentarme abiertamente a Martin.

—La agente Anne Ashton no ha presentado problemas de salud mental. Es una teniente muy valorada en el departamento. Lo importante es que me permita ayudarle a desentrañar algunos aspectos turbios de este caso, como por ejemplo, el hecho de que ninguna de las personas a bordo de ese autobús recuerde lo sucedido. ¿No lo cree así?

—Es peor que eso. Dicen recordar lo sucedido y, según ellos, no pasó nada. Es decir, no es que reconocen que se durmieron o algo así. Es que dicen que continuaron el viaje sin contratiempos y que luego llegaron al lugar de partida, las Cabañas Wells, y fue solo allí cuando notaron que faltaban dos de los pasajeros: Bristol y Ashton.

—¿Usted les cree?

—Como le he dicho, no creo ni dejo de creer. Los testigos o sospechosos se muestran molestos y temerosos de que los mantengamos custodiados en ese lugar, en las Cabañas Wells. Todos han sido llamados a declarar y lo han hecho, pero continúan fieles a su versión original, que es no recordar que sucediera algo extraño en el dichoso paseo. No pueden comprender cómo ese hombre resultó muerto.

Hizo una pausa y me miró, intentando hacerse una opinión de mí. Después continuó.

—Nadie ha sido detenido, pero aún se encuentran en investigación todos ellos. Ninguno dice haber conocido a Paul Bristol antes. Reconocen haber intercambiado varias palabras con Anne Ashton antes de subir al autobús. Dicen que ella se presentó ayer en la tarde justo antes de iniciar el *tour* y que Arthur Donner, el propietario de las cabañas, no la esperaba. Pero había lugar de sobra y le permitió participar de la actividad.

—Me gustaría leer las declaraciones de los testigos.

—No hay problema —respondió.

Pero no le creí. Sabía que me iba a dejar leer las declaraciones porque había dicho a Charlize que me recibiría, pero en cuanto tuviese oportunidad trataría de deshacerse de mí. Y más ahora que pensaba que Anne era la culpable del asesinato de Bristol.

—¿Los testigos han dicho si Anne justificó su presencia allí de alguna manera?

—No —respondió cortante.

Fuimos interrumpidos por Netty y el servicio de café. Ella caminó hasta detenerse junto al escritorio. Extendió una taza humeante de café con leche muy claro a Martin y una taza pequeña de café solo a mí.

—Gracias, Netty. Tu café es lo mejor de este lugar.

Netty me miró con curiosidad, dijo algo en voz muy baja, fue como «gracias» y salió de allí.

—¿Ninguno de ellos había conocido o leído a Bristol antes?

—Dicen que no. Lo estamos comprobando.

Otra vez su contestación fue parca, cortante.

Comenzó a tomarse el café y yo, mientras tanto, pensaba cómo continuar la conversación. No iba a obtener nada de Gabriel Martin. Si seguíamos hablando, la constante serían respuestas casi monosilábicas. Tenía que hacer algo más.

17

—Una vez que lea el expediente del caso quisiera presentarme en las Cabañas Wells como una huésped más, no como perfiladora criminal ni como miembro del Departamento de Homicidios. Si tal como usted ha dicho no han obtenido nada de ellos en los interrogatorios, tal vez yo pueda lograr algo desde allí adentro.

Se quedó callado. Lo estaba pensando.

—Está bien. Vaya a ese lugar —aceptó.

Le di las gracias.

—Hemos pedido a un psiquiatra, que nos ha prestado servicios en otras ocasiones, una evaluación completa de cada uno de los testigos. Eso puede ayudarnos a arrojar un poco de luz en este asunto.

—Es una buena idea —comenté.

Después me atreví a hacerle unas preguntas.

—Sé que no tiene la certeza, pero si tuviese que apuntar una teoría, ¿qué diría usted? ¿Los testigos mienten? ¿Están encubriendo un asesinato?

—Yo diría que no lo están encubriendo —reconoció.

—Es una pésima coartada decir que nada pasó —afirmé.

—Así es. Es tan inconveniente para ellos… Si fueran cómplices de lo que sea que pasó, hubiesen podido idear otra cosa. Mire, esa vía en esta época no es muy frecuentada. Está bastante sola. Podrían haber dicho que alguien los detuvo y bajo coacción obligaron a Bristol a salir del vehículo. Lo mismo con Anne Ashton. Eso en caso de que no haya sido ella…

Dejó la idea en el aire.

—¿Tampoco parecen estar mintiendo por miedo a alguna represalia? —pregunté en parte para saber la respuesta y en parte para dejar de lado el tema de la culpabilidad de Anne.

—Lucían nerviosos. Sobre todo, Mary Hasting, la chica veterinaria. Se ve que era la primera vez que se hallaba en una situación como esta. Pero lo de los nervios es normal, dadas las circunstancias.

—¿Conoce usted algún grupo de creyentes de alguna secta que pudiera estar relacionado con el asesinato de Bristol? Lo digo porque era un escritor que solía tratar temas sobre creencias ancestrales y les daba una orientación «criminal». Eso pudo haber molestado a alguien por aquí.

—¿Usted lo dice por las ideas extravagantes de Linda Donner?

—No lo sé. Cuénteme sobre sus ideas.

—Algunas personas creen que tienen cosas que decir, y no tienen nada en absoluto.

Levanté las cejas sin darme cuenta. Me dejó un poco sorprendida la respuesta de Gabriel Martin. Noté cierto resentimiento en sus palabras. Luego no dijo nada más en relación con Linda Donner.

Terminó de tomar el café de un solo sorbo. Se levantó. Me tendió la mano. La estreché y sentí un apretón fuerte, rudo. Eso era, un hombre rudo. Luego me entregó una carpeta llena de papeles. Se trataba del expediente del caso del asesinato de Paul Bristol.

Me dijo que podía leer los documentos en la sala de junto. Me dijo también que uno de los oficiales podía llevarme a las Cabañas Wells cuando terminara de hacerlo. Martin había considerado que mi tiempo de reunión con él había terminado.

En ese momento, una mujer que vestía uniforme tocó a la puerta y le entregó un papel. Hubo una mirada de complicidad entre los dos. Martin lo leyó e hizo una mueca de satisfacción.

—Acaban de traerme los resultados del análisis de la pala, el arma homicida con la que destrozaron la cabeza de Paul Bristol. Las huellas son de Anne Ashton. No hay ninguna duda.

«¿Por qué las huellas de Anne estarían en el arma homicida?», pensé.

—Bien, agente Carter. Es muy posible que la agente Anne Ashton sea la persona que estamos buscando.

18

Leí el expediente del caso. No obtuve nada útil de él. La única información nueva que conocí fue la disposición de los pasajeros en el autobús. En realidad, se trataba de un minibús Mercedes Sprinter de diecisiete plazas. Arthur Donner y Linda Donner iban sentados en la primera fila de asientos, más cerca del chofer Raymond Phelps. En una fila de asientos intermedios estaba sentada Mary Hasting y un poco más atrás Kenneth Ryder y Anne. Al final se encontraba Paul Bristol.

Pensé que tal vez se había sentado allí para observarlos a todos. Si había venido a Dakota del Sur a estudiar personas para construir personajes, ese era el mejor lugar.

No hice caso a Martin y me dirigí a rentar un auto. Si iba a hacerme pasar por una huésped más de las Cabañas Wells, no tenía sentido que me vieran bajar de una patrulla de policía. Y aunque fuese un auto oficial sin identificación, alguien podría sospechar y preguntarse por qué una turista o alguien que viene a disfrutar del paisaje no procura mayor movilidad, y viene sin vehículo.

Todos los huéspedes tenían registrados autos a sus

nombres y los habían llevado a las cabañas. Eso también venía en el informe.

Renté un Nissan y me dirigí a las Cabañas Wells. Se hallaban a once kilómetros del Parque Nacional Badlands. En el camino pude ver una valla publicitaria que parecía de hace veinte años. La estética, los colores y el contenido. Era como si una muestra del pasado estuviese allí mostrándose. Era de las Cabañas Wells y decía: «Para desconectarse de la rutina y entregarse a nuevas experiencias de descubrimiento de paisajes».

Cuanto más lo pensaba, más me parecía extraño que Anne se hubiese sentido atraída por un lugar como ese.

El GPS del auto me indicó que estaba a cuatro minutos de mi destino. Pude ver junto a la carretera, al lado izquierdo, un conjunto de cabañas que se disponían en medio del bosque. También vi una patrulla estacionada al margen de la calzada. Debían ser agentes siguiendo instrucciones de vigilancia a los huéspedes de las Cabañas Wells.

Para los pasajeros del bus, aquel lugar debía haberse convertido en una especie de cárcel; se encontrarían en un limbo lleno de dudas, en caso de que fueran inocentes. No se había podido comprobar que tuviesen algo que ver con el asesinato de Paul Bristol, pero tampoco que no lo tuvieran. Además, en este momento, todos ellos debían estarse preguntando qué diablos había pasado, si es que en realidad no lo sabían.

Me pareció poca vigilancia un solo vehículo policial, pero supuse que Martin cada vez se iba a apegar más a la idea de que Anne era una asesina. Lo de las huellas en la pala no era bueno para ella.

¿El asesino le habría obligado a tocarla?

¿A cuántas otras cosas la habrían obligado?

Me dije que no podía seguir mi pensamiento por allí. Había que tener sangre fría y continuar.

Giré en un camino de grava que comunicaba con la vía. Recorrí pocos metros y encontré una de las cabañas que había visto antes desde la carretera. Supuse que funcionaba como una especie de recepción o administración del lugar. Había tres autos más aparcados en un área frente a la cabaña, la cual, a todas luces, era el estacionamiento. Detuve el auto. Me miré en el espejo. Pasé la mano por mi cara. Solté la cola de caballo que me había hecho temprano en la mañana. Ahora tenía que parecer una viajera despreocupada. Era la primera vez que iba a representar, aunque fuera por pocas horas, a alguien que debía mantener ocultas sus verdaderas intenciones.

19

Me bajé y percibí algo en ese lugar, fue como una sensación de abandono. Como esa que queda cuando alguien querido, deseado o necesitado se va. Es de los sentimientos más tristes que pueden existir. No supe descifrar si estaba experimentando eso por lo que podía estar padeciendo alguien que estuviese allí, o por mí misma; después de todo, Anne era alguien que yo quería. Me dije que no podía ser por eso, porque el abandono implica una acción voluntaria de quien te deja. Y Anne no había dejado su vida voluntariamente; jamás dejaría a sus hijos ni su trabajo por nada en el mundo.

La imagen de la bifurcación dibujada en la tierra negra y brillante seguía dentro de mí, amenazante, casi con saña.

Caminé hacia la cabaña. De ella salió un hombre y se dirigió a mí.

—Hola. ¿Desea hospedarse? Ha tenido suerte si es así. Estaba a punto de irme a la cama. No esperaba a nadie esta noche.

Era Arthur Donner. La fotografía que Rossy me había entregado lo mostraba joven. Pude detectar unas leves ojeras en su rostro. Se trataba de un hombre de altura y contextura medias. Lo más llamativo era su abundante pelo castaño oscuro, ondulado, con la raya al medio. Ese peinado no le favorecía. De inmediato deduje que el anuncio en la vía había sido ideado o aprobado por él.

—Hola. Soy Alexis Carter. Y, en efecto, he venido porque me han hablado maravillas de este lugar. Quería saber si tenía alguna cabaña disponible.

Arthur se acercó y se detuvo a una distancia prudencial. Puede que incluso mayor a la necesaria.

Pensé que era un hombre educado, calculador, un poco chapado a la antigua. Me fijé más en su rostro. Llevaba lentes de montura y a través de ellos pude ver dos ojos agudos azul oscuro. Tenía los labios muy finos y las orejas prominentes. También vi unas arrugas muy marcadas rodeando su boca.

—Encantado de conocerla, Alexis. Pues mire que está de suerte. Sí tenemos una cabaña para usted —me dijo con entusiasmo.

«Está acostumbrado a mantener relaciones públicas, a conservar amistades y conocer gente. Debe ser por su trabajo como gestor cultural», pensé por su forma de tratarme.

Eso también me llevó a presumir que podría ser un hombre que podría mentir muy bien. El marcado entusiasmo que me había mostrado sin conocerme me pareció exagerado.

—¡Genial! —respondí.

—Así es. Si no, hubiese tenido que llegar a Rapid City para buscar alojamiento, y nada allá se compara con esto. Pero usted ya lo sabe porque, de lo contrario, no hubiese venido hasta aquí.

«Quiere saber de dónde vengo», me afirmé.

—Bien, usted dirá qué debo hacer para comenzar a disfrutar de este lugar.

—Sí. Perdone. Qué mala educación. Venga conmigo a la

recepción. Allí la registraré y de inmediato le entregaré las llaves de la cabaña número cuatro. Es aquella que se ve desde aquí. Donde brilla aquella luz. Cerca, justo detrás, pasa un arroyo que le brinda un carácter especial a esa estancia. Es usted una mujer afortunada.

—Perfecto —respondí al conversador y educado Arthur.

Él me sonrió y yo hice lo mismo. Pero no me gustaba. Era de las personas que ocultan muy bien lo que están pensando y, de tanto mostrar un buen trato, sin quererlo podrían hacer crecer en ellas una gran… ¿rabia?

20

No podía perder de vista que el resentimiento era una de las grandes razones para pertenecer a la oscuridad. Eso me lo había demostrado el asesino serial que Anne y yo cazamos hacía seis meses.

Arthur me recordó a un hombre que asistía a mi consulta antes de convertirme en perfiladora criminal, cuando era psicoterapeuta. Se llamaba Bruno Sheridan. Era encantador, un excelente conversador, hablaba con soltura más de tres idiomas. Pero esa era solo la cara que Bruno mostraba. Debajo de ella se ocultaba un hombre insatisfecho con lo que había conseguido en la vida y portador de mucha ira.

—¿Cómo ha dicho que se enteró de nuestro lugar? —preguntó disimulando su interés mientras abría la puerta de la cabaña y se apartaba para que yo entrara primero.

—Voy a serle franca. Fue por el anuncio en la carretera. Cuando lo vi, me dije que necesitaba algo así.

—Eso que me ha dicho me ha dado una gran alegría. Mi esposa y yo tuvimos una discusión sobre la pertinencia de invertir en ese anuncio publicitario. Y ya ve, yo tenía razón.

Entramos a la cabaña. Estaba amoblada con objetos costosos, de diseño, algunos demasiado lujosos para estar allí. Una escultura que imitaba una escalera de caracol hecha con monedas negras me llamó la atención.

Él lo notó.

—Lo hizo Linda. Esa escultura. La escalera.

—Es diferente.

—Linda es diferente.

No supe cómo traducir la entonación que Arthur dio a esas palabras.

Un ruido exterior lo sobresaltó. Sonaba como los tacones de una mujer corriendo, acercándose.

Vi sus ojos agrandarse y cómo en un ademán nervioso tocó la montura de sus lentes en la parte superior y los acomodó como si hubiese sentido que se le estaban resbalando. Luego pareció tomar una decisión, inspiró y se preparó para ver a quien en segundos cruzaría el umbral. Por un momento pensé que Arthur estaba muerto de miedo.

Una mujer baja y muy pálida, vistiendo de rosa, con una cabellera rubia que caía hasta medio dorso y unos inquisidores ojos verdes apareció.

—Linda…, cariño… —balbució Arthur.

—¿Quién es ella? ¿Otra policía? —preguntó en tono amenazante.

21

—Amor, pero qué cosas dices. Es una nueva huésped —respondió él.

—Hola. Soy Alexis. He venido a hospedarme dos o tres días.

Linda Donner bajó la guardia. Terminó de entrar en la cabaña y se detuvo en la mitad del salón.

—Perdona, Alexis. Es que ya estoy harta de que me pregunten siempre lo mismo, y yo no puedo hacer otra cosa que responder siempre lo mismo: como si lo que pasó fuese culpa de alguno de nosotros.

Pude analizarla mejor. No era tan baja como me había parecido al principio. Tenía una cara bonita y un lunar color marrón cerca de los labios.

—Linda, Alexis no debe saber de qué estás hablando. ¿No ves que apenas acaba de llegar?

Entonces sí estuve segura de que la entonación de Arthur encerraba molestia. Así era mi paciente Bruno Sheridan cuando hablaba de lo que consideraba las «brillantes ideas de su madre».

Comprendí que Arthur se percibía más inteligente y prudente que su esposa, pero algo lo hacía permanecer bajo su dominio tal como le sucedía a Bruno, bajo el dominio de su madre. En este caso, podría ser solo la atracción que Linda le producía. Era quince años menor que él y mucho más llamativa. No sería el primer hombre que se siente locamente atraído y desarrolla una obsesión posesiva por una mujer aunque la considere inferior a él.

—Entiendo —dijo Linda, quien pareció comprender la crítica velada en las palabras de su esposo.

—He venido porque no encuentro el tubo de rojo óxido transparente. No está donde guardo los demás tubos y los óleos. Y sabes que sin ese color no puedo trabajar en la serie. Es el que mejor representa la sangre…

—Linda es mi esposa, y es artista plástica.

—No digas eso, Arthur. Está pasado de moda. Soy un canal de transmisión. Un instrumento para producir ideas y sinapsis, solo eso. Además, en mi última exposición me fue de terror. Nadie en el estado ha comprado alguno de mis cuadros. Hemos debido salir de aquí para exponer en otra parte del país.

Percibí un reclamo a Arthur. Definitivamente, había algo «descompuesto» en la relación.

—Bien, querida, tus pinturas al óleo no suelen estar en esta cabaña. No trabajas aquí. Así que busca bien en el taller —dijo Arthur.

Ahora había recobrado otra vez su «temperamento» educado.

Linda se dio la vuelta para abandonar el lugar, pero de repente desistió. Me hizo una pregunta.

—Dígame la verdad. ¿Siente algo en el ambiente de este bosque? ¿Verdad que la rabia de las montañas oscuras ha llegado hasta aquí? La policía jamás lo entenderá: «la rabia» se apoderó de nuevo de alguien y produjo la ceguera necesaria para hacer su trabajo. De eso se trata este asesinato.

22

—¡Ya está bien, Linda! —exclamó Arthur molesto.

—¿De qué asesinato está hablando? —pregunté fingiendo sorpresa.

—¿Es que no lo sabes? Han asesinado a un hombre en la vía de Badlands. A poco de aquí. Y nosotros, todos nosotros, estábamos allí. Pero no recordamos nada. No sé por qué no comprenden que se trata de algo que trasciende lo humano.

—Linda se refiere a que, lamentablemente, nos hemos visto mezclados en un asunto desagradable. Ni nosotros ni ninguno de nuestros huéspedes ha tenido nada que ver con la muerte de ese hombre, así que pronto la policía nos dejará en paz.

—¿A quién han asesinado? —pregunté.

—A un escritor de poca monta llamado Paul Bristol —respondió Linda—. Se presentó aquí sin decir su verdadero nombre ni su identidad. Solo vino para extraer información sobre los indios lakota y la maravillosa cosmovisión que poseían. ¿Para qué? Para luego fragmentarla, cambiarla, contaminarla, y crear una historia vulgar de asesinatos.

Inspiró y continuó hablando. Arthur la miraba, resignado. Lo que sea que hubiese querido callar estaba siendo expuesto por su esposa, sin reparos.

—He visto las reseñas de sus novelas. No antes cuando llegó aquí. Sino después que supimos quién era en realidad. Es un asco. Habla de la «mujer cegada por la luz del sacrificio». Todo lo tergiversan quienes solo buscan fama sin importarles la verdad.

—¿Dice que a ese hombre lo asesinaron aquí? ¿En una cabaña? —pregunté.

—No, Alexis. Ni mucho menos. Fue en la carretera. Aquí estamos fuera de peligro. Ya la policía la está buscando. A la mujer que mató al escritor —respondió Arthur.

—¿Es que saben quién es? —pregunté fingiendo sorpresa.

—La única que pudo haberlo hecho es la persona que ahora está huyendo: esa mujer, Anne Ashton, que apareció aquí de repente cuando estábamos a punto de abordar el bus para el *tour* fotográfico.

—¿Y cómo crees que logró hacer que no recordemos nada? —cuestionó Linda.

—Hay sustancias que consiguen eso. Pudo habernos drogado. Creo que la Policía, el jefe Gabriel Martin, comparte esa idea. No me lo dijo, pero parece un hombre sensato. Yo conocí a un primo de él cuando trabajaba en el museo… —respondió Arthur.

—¿Cómo pudo esa Anne Ashton darnos una sustancia si apenas llegó, habló contigo, te pidió participar del paseo, subió y partimos? —insistió ella.

—No lo sé, Linda. Pero eso es más sensato que creer que la energía de las Black Hills cayó sobre nosotros —dijo Arthur con un tono exasperante.

Linda hizo silencio y lo miró con furia. La tensión entre ellos había llegado al punto máximo. En ese momento escuchamos nuevos pasos en el exterior de la cabaña. Esta vez la persona que se acercaba no corría ni calzaba zapatos de tacón.

23

—Hola. Estaba buscando a alguno de los dos. Me he quedado sin botellitas de agua en la cabaña... —dijo una mujer que se acercó y entró.

Era alta, de contextura media. Tenía el pelo negro, rizado, y lo llevaba suelto a la altura de los hombros. Su cara era pequeña y sus ojos grandes. Parecía tímida. Llevaba un jersey azul claro de mangas cortas. Noté que sus brazos eran muy delgados y blancos.

Se trataba de Mary Hasting. En la foto que me envió Rossy y que mostré a Fanny Rao en el aeropuerto parecía contar con unos kilos de más.

Me dije que Mary no aparentaba la edad que tenía. Recordé que contaba 35 años, pero lucía como si no hubiese llegado a los 30. Hablaba con algo de vergüenza. No fui yo la única que se dio cuenta. Arthur Donner también lo hizo.

—Querida Mary, ha sido un error nuestro. Con lo de los interrogatorios policiales, salimos muy tarde de Rapid City y eso me ha trastornado toda la rutina. Aquí mismo tengo las cajas con las botellas de agua, pero olvidé por completo llevarlas a las cabañas.

Mary dio varios pasos más.

—No hay problema, Arthur. Me entregas dos botellitas y las llevo a la cabaña. La verdad es que esto que ha pasado me ha dejado alterada. Perdón… no… —Dejó la frase inconclusa y me miró.

—Ella es Alexis Carter. Rentará una de nuestras cabañas —explicó Arthur.

Mary Hasting llegó a mi lado. Me extendió la mano.

—Mucho gusto —me dijo.

Me di cuenta de que Mary me recordaba a una niña vecina de la casa de mi abuela, con quien solía pasar las tardes jugando. Pero eso fue solo por dos o tres semanas. Luego no recuerdo bien por qué la chica se fue. Yo era pequeña y ella era un poco mayor.

—Igual —respondí.

La entrada de Mary Hasting en la cabaña calmó la tensión que había crecido entre Arthur y Linda. De alguna manera refrescó el ambiente. Se veía a leguas que estaba intentando ser amable, pero que el asesinato de Bristol la había descolocado.

Al menos, aparentemente.

En ese momento, Mary caminó hasta una silla que se hallaba en un rincón del salón donde nos hallábamos y se desplomó sobre ella. Me di cuenta de que lo de las botellitas de agua pudo haber sido una excusa de ella para llegar hasta allí y manifestar otra cosa.

—Creo que nos culparán a todos del asesinato de ese hombre. Nos hacen creer que somos testigos, pero somos los sospechosos. No sospechan de esa mujer que subió a última hora. Nos están intentando confundir. Tal vez hasta nos estén espiando en este momento. Es muy extraño que nos hayan dejado volver aquí. Aunque claro, para aparentar, nos han pedido que no abandonemos las cabañas y no volvamos a Rapid City. ¡Y yo tengo que volver! ¡Tengo que volver! —exclamó.

Estaba a punto de desatarse en ella una crisis nerviosa. No me hubiese extrañado que de repente soltara una risa histérica.

—Mary, no tienes que ponerte así. Nosotros no tenemos nada que ver —dijo Linda con una entonación que prendió todas las alarmas en mi interior porque me pareció que era una advertencia para la huésped.

¿Y si Mary Hasting era el lado más delgado de la cuerda? ¿Y si todos estaban implicados en el asesinato de Paul Bristol y Mary era la que podía delatar lo que había sucedido?

Estaba claro que, de los tres, ella era la más nerviosa, la menos dueña de la situación.

24

—CREO QUE ESTÁS MUY ALTERADA, Mary. Tienes que serenarte. No es bueno que los policías te vean así. Pueden pensar que tenemos algo que ver con lo que pasó —dijo Arthur.

Parecían estar preocupados por otra cosa, no por el estado que mostraba Mary Hasting.

—Lo entiendo —se limitó a decir ella.

Arthur fue a buscar una de las botellas de agua, la abrió y se la ofreció. Mary la recibió y la bebió completa. Después se levantó y dijo que volvería a su cabaña. Pensé que debía aprovechar para irme con ella y lograr que me dijera algo más sin la «supervisión» de los Donner. Apuré mi registro, argumentando que deseaba descansar, y a los pocos minutos obtuve las llaves de la cabaña número cuatro. La de Mary Hasting era la número tres según ella misma dijo.

De camino pasé junto al auto que renté para buscar mi equipaje. Había que caminar un sendero ascendente de piedra y grava que en algunos momentos mostraba escalones y barandillas. A cada uno de los lados estaba el bosque, y desde el estacionamiento se escuchaba el correr del agua. Me apuré en caminar junto a Mary y noté que detrás dejábamos a Arthur y a Linda, observándonos. Continuaba con la impresión de que había algo que no querían que Mary me dijera.

Comenzamos a caminar el sendero. Tomé la palabra.

—¡Vaya historia! Lo que les sucedió. Si me pasara algo así, estaría muriendo de los nervios.

—Eso justo es lo que me pasa a mí. Es tan insólito. Y trato de recordar una y otra vez ese paseo, y no puedo pensar en nada malo ni diferente. Simplemente estábamos en el autobús hablando, mirando el paisaje, escuchando música y para mí eso fue todo lo que pasó. Sí que es verdad que ni puedo relatar lo que hice. Es decir, es como si todo el tiempo del paseo se hubiese convertido en una foto. No puedo decir de qué hablamos, ni quién dijo qué. Solo sé que estuvimos hablando. Creo que no me estoy explicando bien.

—Sí. Te entiendo. Sabes que estuviste allí, pero no recuerdas el proceso. Como si te hubiesen dicho que estabas allí y tú lo hubieses asumido sin reparos. Pero, cuando estamos en un lugar, somos capaces de relatar la continuidad; es decir, tú hoy deberías recordar, por ejemplo, las conversaciones que sostuvieron, el hilo de la conversación.

—Exacto. ¿Eres psicóloga?

—Psicoterapeuta.

—Ya me parecía a mí. Ahora que lo dices, la última conversación que recuerdo tuvo que ver con un cementerio…

Recordé mi visión y al hombre que sufría. Pensé que tal vez el cementerio significaba algo.

«Mary», «Mary».

Alguien gritaba.

Era Linda. Venía corriendo detrás de nosotras. Mary hizo silencio después de verla.

—Arthur quiere saber si ya has cenado. Nosotros preparamos pollo horneado, si te apetece, en casa podrías cenar.

—Gracias, Linda. No he tenido mucha hambre.

—Mary, me hablabas de un cementerio… —intenté retomar la conversación.

Fue Linda la que me respondió.

—Es un lugar místico. Un viejo lugar sagrado para los lakotas, el grupo de los indios siux que se asentó en Dakota del Sur cerca de las montañas Black Hills. Puedo llevarla cuando quiera, una vez que pase la tempestad de las investigaciones policiales del «asunto de Bristol».

—Recuerdo que tú hablaste de eso en el paseo —dijo Mary.

Entonces sucedió algo inesperado. El comportamiento de Linda me sorprendió. Nos tomó a ambas por los brazos y nos habló en voz baja.

—Arthur intenta calmarte y te asegura que la policía no nos implicara en nada, pero en el fondo reconoce que es inexplicable lo que hizo esa mujer. Intenta comprenderlo diciendo que nos drogó de alguna manera. «Esas sustancias existen, te quitan la voluntad. Hasta te pueden hacer perder la memoria». Pero está equivocado. «La rabia» aparece cuando menos se le espera, y si hemos olvidado lo sucedido o nunca lo supimos, eso obedece a la acción de la energía contenida en este lugar. Tal vez esa Anne Ashton fue quien asesinó a Paul Bristol porque esta vez ella fue el instrumento de «la rabia».

—Ya, pero, Linda, esa no puede ser la única explicación. Nadie creerá eso y preferirán creer que tuvimos algo que ver —respondió Mary.

En ese momento, me miraron y creo que se dieron cuenta de que me habían incluido en el asunto sin quererlo. Apenas acababa de llegar a ese lugar y me estaban tratando como si hubiese sido parte del grupo del *tour*, como si yo también estuviese implicada. Pero ya era demasiado tarde para excluirme. Creo que Mary Hasting fue la primera en notarlo.

—A Arthur no le gusta que hable de esto. Él no cree en nada. Es demasiado racional. Dice que es de mal gusto hablar siempre de estos temas. Por eso he querido alcanzarlas sin que él estuviese presente.

Hizo una pausa. Nos hallábamos en la mitad del camino. Mary miró hacia arriba, a donde estaban las fachadas de las cabañas tres y cuatro.

—Sí. Es cierto, queridas. Es mejor que vayan a descansar. Y tú, Alexis, no podrás decir que no ha sido diferente este paseo para ti. Al menos no vas a olvidarlo sin más.

Ahora Linda se convertía en alguien capaz de bromear un poco con lo sucedido. La personalidad de Linda Donner era desconcertante. Yo diría que era portadora de muchas caras.

25

—Voy a intentar dormir —dijo Linda y volvió sobre sus pasos.

Mary y yo continuamos el camino. Hubo un momento en que no vi una piedra pequeña en el camino y tropecé. Me sostuve de la barandilla hecha con delgados troncos de árboles que protegía el sendero y lo separaba del bosque.

Después de pocos segundos de silencio, Mary comenzó a hablar.

—Algunos lugareños creen en la existencia de una especie de resplandor que te enceguece, una rabia que llega de alguna parte, que es como un espíritu o una energía que vaga en este lugar de tanto en tanto y se apodera de alguien. Esta persona actúa en contra de otra sin explicación. Se cuenta que una mujer de uno de los poblados cercanos, a principios del siglo pasado, mató a su hijo pequeño en un arrebato. Lo sacudió con tal violencia que su hijo murió por las lesiones cerebrales que ella le ocasionó. Esa historia se ha complementado con un conjunto de leyendas: de que ese día los animales estaban descontrolados y que más de mil bisontes se agruparon en las vías desde Badlands Loop hasta Black Hill y atacaban a todo el que pasaba por allí. Dicen que hasta los animales domésticos mostraban un comportamiento agresivo. Lo han llamado «el brillo de la rabia».

—Todos los pueblos tienen sus leyendas —le dije, restándole importancia a lo que me contaba para que hablara más.

—Linda afirma que no se trata de una leyenda, sino de una energía que vaga y se torna violenta por la pérdida del equilibrio que los lakotas habían conseguido al considerar las montañas cercanas sagradas.

Ya habíamos llegado al frente de las cabañas. Nos detuvimos.

—Ahora que me acuerdo, Linda y yo estábamos hablando de eso en el autobús. Decía que ella había trabajado en favor del equilibrio porque había representado a «la rabia» en sus obras. Y cuando nos enteramos de que alguien había asesinado a ese hombre, a Paul Bristol, ella dijo que no había servido de nada lo que estuvo intentando hacer porque igual esa mujer mató al turista.

—¿Su esposo no cree en nada de eso verdad? Debe ser difícil convivir con alguien que no cree lo mismo que tú. Sobre todo, si estás tan convencida —sugerí.

—Me parece que Arthur Donner no está enamorado de Linda. Yo creo que en realidad la odia. Dicen que amaba con locura a su primera esposa, y Linda es la segunda. Pero tal vez se haya acostumbrado a vivir con ella y ahora no puede estar solo.

26

TENÍA muchas cosas en las que pensar. Lo del resplandor y la leyenda que me acababa de contar Mary Hasting me recordó el sueño en el avión. Ese brillo insoportable que contrastaba con las siluetas de todos ellos, los pasajeros del autobús.

De repente, sentí un escalofrío. Recordé al hombre que iba a mi lado en el sueño del avión. El que tenía la revista con el bisonte de Altamira. Sabía que había algo que se me estaba pasando entre todo lo que había oído ese día, pero no lograba saber qué.

Me despedí de Mary y entré en mi cabaña. Dejé el equipaje de mano junto a la puerta y suspiré. Eran demasiados símbolos, demasiadas palabras sueltas y muy poca cosa para relacionarlos. Y el tiempo pasaba sin saber nada de Anne.

Intenté llamar a Rossy. Quería preguntarle si tenía algo más para mí. La llamada comunicaba, pero en ese momento vi la sombra de un hombre tras el cristal de la ventana. Pasaba muy cerca de la cabaña, y ese no era el lugar por donde estaba el sendero para acceder a las otras cabañas, que suponía las números seis, siete y ocho.

Sabía que eran ocho cabañas porque lo había leído en un afiche en la cabaña principal. Además, había visto un mapa con las ubicaciones de cada una.

Corté la llamada que aún comunicaba. Saqué el arma del equipaje. La oculté debajo de mi chaqueta. Aguardé sin quitar la vista de la ventana. Volví a ver la sombra. Salí de la cabaña, di la vuelta sin hacer ruido y entonces lo vi. Se trataba de Kenneth Ryder.

Estaba de pie, pero no mirando hacia mi ventana, sino hacia el otro lado, el bosque. Tenía ropa deportiva y una linterna frontal encendida. Al verme la apagó.

Decir que ese hombre era atractivo sería algo insuficiente. Era un modelo perfecto del cuerpo y la cara masculinos. Recordé lo que dijo Rossy sobre él y su forma de vivir. La foto que había visto no le hacía justicia.

—Hola. He visto la sombra en la ventana y... —le dije.

—Hola. No soy peligroso. Solo estaba corriendo en el bosque —me dijo con la respiración entrecortada y la sudadera empapada.

Miró algo en su reloj. Supuse que tenía que ver con los kilómetros corridos, con el rendimiento. Observé sus piernas. Tenía puesta una rodillera en la pierna izquierda.

«La rodilla destrozada y sigue corriendo porque no puede parar», concluí.

Pasó la mano derecha por su frente perlada y luego caminó en dirección hacia mí.

—Soy Kenneth —dijo y me dio la mano.

Me fijé en sus ojos. Del color más azul que vi jamás. Luego, al contacto con su mano, percibí algo desagradable que me hizo temerle.

27

Era un hombre atormentado. Sentí desasosiego, aturdimiento. A la vez, no lo percibía como una víctima, sino como un victimario. Como si él mismo se hubiese labrado su propia ansiedad por algo que le hizo a alguien.

—Soy Alexis.

—¿También eres policía? ¿Ahora nos vigilan desde adentro?

—No soy policía. ¿Por qué lo dices?

—No lo sé. Algo en tu actitud.

—¿Porque salí a ver la sombra?

Giró la cabeza ligeramente hacia el lado izquierdo y también movió un poco los labios.

—Sí. Por eso.

—Me han estado hablando de lo que les sucedió y me han dejado un poco nerviosa.

No hizo más que asentir. Después se quitó la linterna frontal con pericia.

—Mucho gusto, Alexis. No andes persiguiendo sombras

por allí. Algunas son peligrosas —me dijo y se fue caminando por el sendero, hacia abajo.

Debía estar hospedado en la cabaña número uno o dos.

Di la vuelta a mi alojamiento y entre en él. Me quedé pensando en Kenneth Ryder. Tenía la sensación de que cada movimiento y cada palabra que hizo y dijo en algún momento habían sido calculados, pero respecto no solo a mí, sino a la especie humana. Era un tipo que podía atraer de manera avasallante tanto a hombres como a mujeres. Una especie de dios de los conocidos por su belleza —hubiese dicho Lilian Peterson—, y me pareció que eso lo supo desde muy joven. En él percibí hastío. Podía ser una carga pesada tener esa apariencia, como si eso no lo dejara conectar realmente con nadie. Sentí que habló conmigo, pero sin fijarse en mí. Como si cada persona para él fuese un ser genérico, justo porque todos lo ven a él como un espécimen. Uno bello, pero espécimen al fin.

He conocido un par de mujeres así, que padecen ese tipo de soledad producto de su apariencia extraordinaria.

¿Y si era el hombre de mi sueño? ¿El atormentado que lloraba por alguien? ¿Y si por fin había conseguido con quien conectar y luego lo había perdido?

No imagino una ira mayor que esa. Sería una buena razón para asesinar. ¿Pero por qué a Bristol?

Retomé la llamada a Rossy. Le pregunté si había descubierto algo más sobre alguno de los pasajeros del bus o el chofer, Raymond Phelps. Solo me faltaba él por conocer.

—De Linda Donner, lo mismo. Para mí, está como una cabra —me dijo.

—Sin embargo, recuerda que Paul Bristol escribía novelas sobre este tipo de historias que gustan a Linda. Supongamos que viajó a Dakota para hacerse de un buen arsenal de historias y sensaciones que lo inspiren. Tal vez alguien le habló de las obras de Linda, y eso era justo lo que buscaba. Hay demasiadas similitudes entre lo que aquí dicen y las palabras escritas en el papel que sacaste de algún lugar de las redes de Bristol.

Cuando dije eso, me di cuenta de algo y me sentí estúpida por no haberlo visto antes.

—¿En algún documento público Bristol habla de «espíritus cegados por la luz, sacrificio» o, mejor, de «una mujer cegada por la luz del sacrificio»? —pregunté.

—No. Eso ya lo he verificado. Ninguna de las palabras

que escribió en la nota que te mostré en el salón de reuniones hoy en la mañana las había empleado antes en sus novelas, ni en las reseñas. Claro que ha escrito la palabra rabia antes, pero no como un aspecto prioritario…

—Te entiendo, Rossy. Pero esa frase en particular, la que te acabo de mencionar, ¿no aparece en sus libros ni en sus entrevistas?

—No. Estoy segura.

—Entonces alguien me ha mentido. Y es una mentira que indica que Paul Bristol sí había entablado conversación con al menos uno de los pasajeros. Alguien está mintiendo descaradamente.

Era Linda. Recordaba con claridad sus palabras: «He leído sus reseñas. No antes cuando llegó aquí. Sino después que supimos quién era en realidad. Es un asco. Habla de la mujer cegada por la luz del sacrificio. Todo lo tergiversan quienes solo buscan fama sin importarles la verdad».

Le conté mi reflexión a Rossy.

—Sí, te mintió.

—Exacto. Y puedo encontrar paralelismos entre lo que ella dice de sus pinturas y lo que él ha puesto en ese papel; la ceguera, la rabia. Otra cosa. Aquí se habla de una leyenda, de un día en el que «la rabia» se apoderó de la población. Inició con una mujer que sacudió a su pequeño hijo hasta matarlo, los animales enloquecieron, y miles de bisontes se apostaron cerca de la carretera para atacar a todo el que pasara.

—Sí. Pero tal como has resumido el asunto, esa es una versión de Linda Donner. Lo que pasa es que sí es verdad que hay una creencia allí sobre «el gran bisonte», que es como una deidad. Eso es una creencia lakota. Para los antropólogos, estas son historias falsas, pero nuestra amiga Linda Donner es de las que cree en eso y suele dibujar sus patas, sus ojos. Incluidos los rastros que deja ese animal en la tierra. Esa mujer ha creado una mezcla de leyendas antiguas, agregando la historia de la mujer que asesinó a su hijo al sacudirlo. Desde hace meses sus cuadros, que son horribles por lo que veo, representan lo que llama «el brillo de la rabia».

—Y es lo mismo que pone Bristol en su nota. «Nueva historia del brillo de la rabia». ¿Lo ves? Creo que él se nutrió de ella para comenzar su novela. Estoy segura de que, si lo de la mujer que sacudió a su hijo pasó y quedó grabado en la memoria colectiva de las personas en este lugar, debió haber sido en 1920. Y allí está otra vez: Bristol apunta esa fecha en la nota.

—Es verdad. Es como si esa nota la hubiese tomado justo después de hablar con Linda Donner.

—Supongamos que mantuvieron una comunicación determinada desde Londres. Luego él viene para acá, para hablar con ella y estudiar la zona *in situ*. ¿Por qué nos ha mentido? Arthur también debe estar mintiendo. Aunque tal vez Linda le esconda cosas. ¿Por qué Bristol participó del *tour* fotográfico? Para ver el paisaje o porque uno de los pasajeros sería uno de sus personajes. ¿Y si en ese afán de búsqueda de buenas historias se topó con algo indebido? ¿Si descubrió un secreto de alguno de ellos que lo condujo a la muerte?

—Es posible. Acabo de mirar lo que dijiste del año 1920. Es cierto. No es un artículo serio, pero sí se dice que una mujer llamada Brenda Shean mató a su hijo de esa manera. ¡Qué tétrico! Fue enterrado en…

Rossy continuó hablando, pero me distraje. Pensé en los trazos en la tierra de mi visión y en los cuadros de Linda con los rastros del bisonte. Pero los que vi no pudieron haber sido hechos por las patas de uno.

En ese momento, sin saber la razón, vino a mi mente la imagen de una muñeca sucia y horrenda que me daba miedo cuando era niña, y que por alguna razón apareció en el basurero de la casa de mi abuela.

Me obligué a volver a centrar la atención en Rossy, pero ya se había callado.

—Tengo que ver las pinturas de Linda Donner.

—Pues solo tendrías que ir a las Cabañas Wells. Te dije que vendieron lo que tenían y lo apostaron todo a ese complejo turístico. El taller de ella también se encuentra allí.

Me di cuenta de que era cierto. Arthur le dijo que buscara en el taller el tubo de pintura roja que había perdido. Eso significaba que su lugar de trabajo debía estar a pocos pasos de mí.

—¿Entonces crees que uno de ellos es el asesino y los demás son cómplices?

—La verdad, Rossy, es que no sé qué creer —le respondí.

Me despedí de ella y me quedé mirando la ventana. Comprendí que cuando llegué al aeropuerto de Rapid City estaba convencida de que los pasajeros habían entrado en un trance colectivo, pero ahora no sabía si es que estaban guardando un secreto o si sabían más de lo que habían dicho en las entrevistas. El nerviosismo de Mary Hasting me llevaba a pensar en eso. Además, la atmósfera de las Cabañas Wells estaba cargada de algo desagradable. Alguien sentía furia y abandono. ¿Quién? ¿Qué o a quién había tocado en ese lugar que me había transmitido esa sensación?

29

AGUARDÉ CASI UNA HORA. Quería que todos se fueran a la cama.

Salí de la cabaña y tomé el sendero de las escalinatas que había subido con Mary y Linda. Bajé cerca del estacionamiento y de la cabaña de la recepción. Tenía en la cabeza la imagen del mapa que había visto antes. Recordaba una edificación que no tenía numeración y que estaba alejada de las otras. Para llegar a ella había que tomar un camino detrás del estacionamiento en sentido opuesto al sendero, hacia el lado derecho del complejo. Al menos eso era lo que mostraba el mapa. Pensé que, si una de las instalaciones funcionaría como un taller para Linda, debía ser esa.

Caminé con cuidado de no hacer ruido. Lo hice por espacio de diez minutos. Al fin llegué a la cabaña sin número. El lugar se encontraba bastante iluminado por las farolas que habían dispuesto a lo largo del complejo. Creí estar en lo cierto al pensar que ese era el taller de Linda porque afuera y cerca de la puerta vi varios periódicos con manchas de pintura y percibí olor a trementina.

También había trapos manchados de rojo que fueron blancos alguna vez. La coloración rojo intenso que mostraron me produjo un pensamiento macabro, terrible: la sangre de Anne. Realmente tenía miedo de que la hubiesen asesinado. Esperaba que esa idea fugaz que atravesó mi cabeza no fuera más que resultado de la normal angustia que todos padecemos cuando alguien querido desaparece. Y que no fuera producto de mi facultad de percepción.

Me dirigí hacia donde estaba el trapo manchado y lo tomé. Olí. Era pintura al óleo. Lo dejé donde estaba.

Fui hasta la puerta e intenté abrirla. Cedió. Linda no había tomado la previsión de cerrarla; tal vez nunca lo hacía.

Recorrí el interior del recinto. También se hallaba bastante iluminado con la claridad del exterior que entraba por la ventana. Tenía la misma distribución espacial de la cabaña que yo había rentado; una sala, una habitación, la cocina, un baño. Eso sospeché. Al menos el salón tenía las mismas dimensiones y había dos puertas en idénticos lugares. Pero el salón no estaba amueblado como una cabaña cualquiera. Definitivamente era un taller de pintura. Me pareció muy ordenado y me dio la impresión de que faltaba pasión en ese lugar. Era como una puesta en escena de una obra de teatro. No sé por qué tuve esa sensación. Debí haber visto elementos que me llevaron a pensar eso, pero no los hacía consciente en ese momento.

Caminé y miré una gran mesa llena de tubos de pintura al óleo. Había dos caballetes con lienzos en blanco junto a él. Uno de ellos mostraba un trazo azul.

Vi una botella de vodka en medio de los tubos de pintura y también un vaso bajo.

En un rincón de esa habitación había unos lienzos apoyados contra la pared. Me dirigí hacia ellos.

La pintura que mostraba el lienzo que estaba de primero

en la pila era horrenda. Representaba a una mujer vestida de negro con un traje largo. Ella cargaba a un niño vestido de blanco. Lo tomaba con sus manos extendidas y lo mantenía elevado a la altura de su cabeza, sosteniéndolo por debajo de los brazos del infante. Detrás de ellos había una ventana y unos ojos amarillos observaban la escena, tras ella. Era una criatura de pelaje oscuro cuya forma no se distinguía por culpa de la oscuridad de la noche que se representaba en la pintura. Un candil amarillento del lado izquierdo, puesto sobre una mesa, completaba la composición. Era tal como la había descrito Rossy, una bestia mirando, acechando.

Toqué el borde del lienzo que mostraba esa pintura y lo aparté. Quería ver las otras obras que estaban detrás de él. Todas repetían la misma escena. Solo que la criatura que miraba por la ventana comenzaba a verse un poco mejor. Parecía un bisonte. En una de estas mostraba sus fauces, unos colmillos blancos. En la última pintura que estaba contra la pared el infante que sostenía la mujer de negro ya no estaba. Había una mancha roja en el piso de la habitación, junto a la ventana.

Toda la serie era espeluznante. Sospeché que la idea era exhibir las piezas una al lado de la otra para crear la impresión de una secuencia temporal. El animal que acecha se comió al niño delante de una madre que lo odiaba. Esa fue mi conclusión.

Dejé los lienzos en su lugar. Sobre la mesa había unas pinturas más pequeñas. Me detuve a mirarlas.

Esos lienzos estaban colonizados por tonos oscuros y brillantes, parecidos a la brea. Los colores más utilizados eran el negro y el rojo tanto en estas pequeñas pinturas como en las grandes que descansaban en la pared. Algunas de las que estaban en la mesa eran abstractas, otras mostraban cuevas tal vez de las minas que existían cerca de la zona. Recordé que Dakota del Sur era una zona minera.

En ese momento se produjo un ruido fuerte detrás de mí. Supe que había alguien más allí, pero no lo había oído llegar.

Era como si me hubiese estado aguardando y la puerta abierta hubiese sido una trampa.

30

―¿QUÉ está usted haciendo aquí? ―me gritó una voz masculina.

Volteé y vi a un hombre apuntándome con un rifle de caza. Levanté las manos.

―Tranquilo. Soy Alexis Carter, huésped de este lugar. Salí a caminar. Esta cabaña estaba abierta y sentí curiosidad. No tiene que apuntarme con eso ―le dije.

El hombre bajó el arma. Era Raymond Phelps.

―No se puede andar por allí como si se estuviera en casa. Y más con lo que ha pasado aquí ―respondió.

―Tampoco es recomendable andar apuntando a la gente. En ninguna parte dice que uno no puede caminar en la noche en este complejo turístico. No es muy amable lo que usted ha hecho. ¿Es propietario?

―No. Soy la mano derecha de Arthur Donner, el propietario. Disculpe…

Lo había manejado bien para que se sintiera culpable. El aspecto de Raymond era descuidado, su sudadera estaba manchada con algo que parecía aceite. Supuse que era una prenda que había comprado hacía mucho tiempo. Recordé que Rossy me había dicho que antes fue mecánico y trabajó en un taller.

Se quedó mirándome sin saber qué hacer. Su cabeza brillaba por el efecto de la luz que entraba por la ventana y hacia ver su pelo aún más rubio de lo que era, casi blanco. Lo llevaba cortado al rape. Phelps tenía 52 años, pero lucía mayor.

—Está bien —respondí parca—. No me ha dicho su nombre.

—Raymond Phelps.

Escuché pasos en el exterior y una voz conocida. Raymond miró hacia la puerta.

—¿Raymond? ¿Qué ha pasado?

—Nada, Arthur. Solo vigilaba.

Arthur Donner entró en el taller.

—Raymond, ¿qué haces con eso? —dijo recriminándole y llevando la mirada al rifle—. Ya todos estamos muy nerviosos. Después de todo, hay un asesino suelto —completó Arthur.

—Me voy a la cama —alcancé a decir.

—Perdone, Alexis, pero ¿qué hacía usted aquí? —me preguntó Arthur con una entonación diferente a la que siempre utilizaba para hablar. Esta vez noté una inflexión más pronunciada.

—Salí a caminar. La puerta estaba abierta y entré a echar un vistazo. El olor a trementina me indicó que este debía ser el taller de Linda y me moría por ver sus obras. Como me estuvo hablando de ellas más temprano…

—¡Es cierto! Pero es extraño que Linda no haya asegurado la puerta. Está muy nerviosa con lo ocurrido.

—A mí no me lo pareció. Creo que está muy calmada porque ella se explica lo sucedido de una manera «diferente» —sugerí.

Quería provocar una reacción en Arthur. Pero ese hombre sabía esconder sus pensamientos. Se quedó callado y dibujó una sonrisa en su rostro. Luego me respondió.

—Es verdad lo del olor a trementina. Espero que no le resulte molesto.

31

DESPUÉS DE LO sucedido en el taller de Linda, me fui a la cabaña. Desde ese momento hasta el día siguiente en la mañana me sentí observada. Era como si los ojos de la pintura de Linda se hubiesen quedado con la mirada puesta en mí.

No dormí nada. Mi preocupación por Anne continuaba creciendo. Me vestí, tomé el auto y salí a la carretera. Quería dejar atrás por unos momentos las Cabañas Wells. No había visto ni experimentado allí nada útil cuando conocí a los pasajeros del autobús más allá de esa mala sensación que me transmitía ese lugar.

Decidí buscar el cuerpo de Paul Bristol y tocarlo. Esperaba encontrar la ocasión sin que me vieran.

Me dirigí al Departamento de Homicidios de Rapid City. El GPS me confirmaba que el Instituto Forense funcionaba allí.

Llegué y busqué su ubicación. Estaba en la misma edificación y poseía una entrada independiente. Crucé la puerta. Me encontré con un módulo de seguridad y un pasillo vacío y frío que conducía a varias puertas. Escuchaba voces en una oficina cercana al módulo y a la puerta. Eran un hombre y una mujer hablando y riendo. Percibí un coqueteo entre ellos. Me dije que uno de los dos debía estar sentado en el módulo de seguridad, pero no era el caso.

Caminé rápido sin detenerme. Probé abrir varias puertas; oficinas, sala de archivos, una especie de área de reunión, hasta que llegué a la sala de autopsias. Ninguna de las puertas mostraba rotuladores con identificación.

Entré en la sala. Allí, como era de esperarse, había una persona trabajando. Llevaba uniforme y estaba de espaldas. Debía ser técnico o doctor.

—Hola. ¿Desea algo? —me preguntó.

Era una mujer que volteó al escuchar mis pasos. Se quedó observándome.

—Hola, soy la detective Alexis Carter —le mostré mi identificación—, y quisiera obtener el informe del caso Paul Bristol.

La mujer endureció la expresión y dio unos pasos hacia mí. Yo todavía permanecía junto a la puerta.

—Ya lo hemos enviado al jefe Martin —respondió.

Me acerqué un poco más a ella y observé con mirada rasante la habitación.

—Lo siento. Debí haberme confundido. ¿Ya han terminado la evaluación del cadáver? —pregunté.

—Sí. El análisis externo y el interno. Aún no ha sido trasladado a la sala de refrigeración, pero estaba a punto de hacerlo.

Miré a la única mesa de autopsias que estaba ocupada. La sábana azul claro dejaba ver un bulto de una persona adulta.

—No creo poder hacer nada más por usted —dijo la mujer, recelosa, y se dio la vuelta.

Después, como si hubiese caído en la cuenta de algo, se volvió hacia mí de nuevo:

—¿Me ha dicho que pertenece al departamento? Nunca la había visto.

—Porque soy agente del Departamento de Homicidios de Wichita —respondí.

—Pues bien. Busque el informe de la autopsia en la oficina del jefe Martin o diríjase a Netty Burgess, su secretaria.

—Está bien. ¿Podría ver el cadáver? —le pregunté.

—De acuerdo —aceptó.

Creo que pensó que eso haría que me fuera más pronto y la dejara trabajar en paz.

—Es este que está aquí —dijo al tiempo en que se dirigía a la mesa que ya yo había identificado antes.

Caminé hacia ese lugar. Ella también lo hizo y descubrió la cabeza del cadáver. Me dije que ahora solo tendría que tocarlo. La dificultad era que la técnica forense estaba junto a mí y no tenía intención de irse.

—Recibió fuertes golpes —afirmé.

—Así es. Se ensañaron con él —me respondió.

—¿Habías visto algo así antes? —pregunté.

—Mientras estudiaba. No en la realidad. Tengo poco tiempo aquí —explicó—. ¿Quiere ver solo la cara o el resto del cuerpo? —continuó.

Algo dentro de mí me dijo que tocara la sábana.

—Así está bien.

Apenas dije eso, me adelanté a los movimientos de la asistente forense y agarré la sábana con mi mano derecha.

«No debe usted…», eso comenzó a decir la mujer. La escuché mientras veía en mi cabeza otra vez el resplandor del sueño del avión. Ahora las figuras negras, las siluetas de Arthur, Linda, Mary, Kenneth y Raymond, podían distinguirse con mayor claridad. No había duda de que eran ellos. Estaban sentados en torno a una especie de fogata, en algo que parecía un rito. El resplandor se fue haciendo más brillante.

—Ahora debe irse de aquí. Tengo mucho trabajo —culminó.

Ya la mujer había apartado la sábana de mis manos, acomodándola sobre el cadáver de Bristol. Me miraba con desconfianza.

—Sí. Claro. Ya me voy. Gracias —alcancé a decirle.

Salí de la sala y caminé sin detenerme por el pasillo. Las voces tras la primera puerta continuaban. Tomé el pasador, abrí y salí.

Me topé de frente con Gabriel Martin.

32

—¿QUÉ está usted haciendo aquí?

—He venido a buscar el informe de la autopsia —respondí.

—¿El mismo que está incluido en el expediente que ya leyó? Haga el favor de decirme la verdad —exigió.

Era un hombre alto, musculoso. En ese momento me pareció amenazante. No porque fuera a golpearme, por supuesto. Era algo diferente.

—Pensé que los forenses podrían haber pasado por alto algo en ese primer informe. He trabajado en casos en los que eso ha sucedido.

—Está bien, Carter. He hablado hace pocos minutos con su jefa, Charlize Tonny. Le he dicho que manejamos la teoría de que Anne Ashton cometió el asesinato de Bristol. Además, existe la posibilidad de que haya drogado a los pasajeros. Las declaraciones, como ha leído, son consistentes y no creemos que sean asesinos ni cómplices.

Dos personas aparecieron. Pretendían entrar en el Instituto Forense. Nos apartamos para que pasaran y luego caminamos un poco hasta el inicio del estacionamiento.

Sabía que Martin no era un aliado. Creía que la «invitación» para estar allí colaborando en la investigación tenía las horas contadas. Así que me enfrenté a él.

—¿Ahora sí comienza a «creer»? —le pregunté manteniendo la mirada en sus ojos pequeños, marrones. No iba a intimidarme su apariencia de hombre rudo y autoritario.

—¿Qué quiere decir? —preguntó levantando la voz.

—Que antes me dijo que usted no creía nada y que se dejaba llevar por los hechos y las pruebas. ¿Es que no se le ha pasado por la cabeza la idea de que hayan obligado a Anne a tocar esa pala? ¿Han hecho exámenes sanguíneos a los pasajeros y al chofer del autobús para comprobar si han sido drogados?

Esperé unos segundos y luego continué.

—Jefe Martin, ni siquiera me ha preguntado si he descubierto algo en las Cabañas Wells, y no lo ha hecho por una simple razón: cree que no seré capaz de hacerlo o que no hay nada que descubrir allí. Le digo que he descubierto que para Anne resultó imposible drogar a esas personas porque no tuvo contacto con ellos sino hasta minutos antes de subir al vehículo, y como usted debe haber leído en las declaraciones dentro del autobús, nadie ingirió nada.

No se esperaba que reaccionara de esa manera. Hacía silencio.

—También me parece una falta de educación, ya no de delicadeza, que estemos sosteniendo esta conversación en la que está implicando en un hecho gravísimo a una excelente teniente de la Policía de Kansas en la entrada de un edificio, junto al estacionamiento.

—Puede continuar con la investigación a su manera. Solo manténgame informado de todo —se limitó a responder.

Después se quedó mirándome, como meditando lo que le acababa de decir. Yo comencé a caminar hacia el auto cuando, sin haber dado ni tres pasos, Martin me dijo otra cosa.

—Si he sido brusco, le pido disculpas. Entiendo que la teniente Ashton es su compañera y se preocupa por ella. Su búsqueda continúa en todo el estado. Yo mismo estoy coordinándola. Hasta ahora la opinión pública desconoce que podría ser considerada sospechosa de la muerte de Bristol y haré lo posible porque eso siga así hasta que sea inevitable.

33

Subí al auto y llamé a Charlize. Continuaba dándome su apoyo y me dijo que defendió a Anne ante Martin. También me pidió resultados pronto.

Yo no podía dárselos. Estaba perdida. Ese resplandor de la visión y del sueño era casi lo único que tenía. También la sensación que me producían las Cabañas Wells y la impresión de que había algo oculto muy cerca de mí. Nada más.

Eran todas cosas difusas. Además, estaba esa sensación de ser observada desde que vi ese horrendo cuadro de Linda.

Decidí ir al lugar donde fue encontrado el cadáver de Paul Bristol en la vía de Badlands Loop. Busqué el informe del levantamiento del cadáver en mi celular.

Mientras conducía hacia allá, se me ocurrió la idea de que la oscuridad estuviese relacionada con los sucesos, pero no implicada en lo que ocurrió en el bus. Más bien, interesada en ello. Como si me estuviese siguiendo los pasos y ahora se hubiese interesado en el extraño evento del «trance colectivo» que parece haber tenido lugar en el bus. Tal vez ambos, la oscuridad y yo, buscábamos lo mismo, encontrar a un asesino muy poderoso.

Llegué al lugar donde apareció el cadáver de Paul Bristol. Donde el bus debió detenerse. La vía estaba desolada. Nada venía a mi mente. Todo quedaba en blanco. Continué conduciendo por la vía de Badlands.

«¿Dónde estás Anne?», grité.

Deseé con todas mis fuerzas que estuviera viva, pero nada me daba esa certeza.

Entonces lo vi. Era un animal, un licaón. Ya lo había visto antes cuando investigaba el caso del asesino serial en Wichita. Me gustaba pensar que de alguna manera ese animal que descubrí en el zoo de Wichita me conocía bien y era un enviado de Devin para acompañarme.

Detuve el auto y me bajé. El animal quería que lo siguiera. Lo hice. Crucé la carretera y me adentré en el bosque. Caminé durante varios minutos, tal vez quince o veinte. Lo hice siguiendo un sendero que parecía haber sido transitado hacía poco tiempo.

Llegué hasta la boca de una mina abandonada. Allí perdí el rastro del licaón. Presentía que deseaba que entrara en la mina. Temía hacerlo. No quería encontrar el cadáver de Anne. Solo pensarlo me aterraba.

Me armé de valor y entré. Sentí una sensación de ahogo, de encierro, pero continué adelante por los conductos subterráneos, alumbrándome con la luz del teléfono.

Me di cuenta de que reconocía ese lugar. Lo había visto antes. No en ninguna de mis visiones o sueños. Lo había visto en uno de los cuadros pequeños de Linda Donner.

PARTE II

1

LA MUJER DESPERTÓ. Corría el 8 de enero, pero ella no lo sabía. Percibió el olor a tierra. Presintió su humedad. Sintió frío. Solo había oscuridad a su alrededor y no podía siquiera ver sus manos. Comprendió que estaba enterrada viva y que se encontraba dentro de una caja, de un ataúd.

Recordó lo que sucedió en el bus, pero solo a medias. No sabía quién la había atacado al encontrar a ese hombre con la cabeza destrozada en medio de la vía, aunque recordó que faltaba una persona en el bus, además de él. Entonces sintió un fuerte golpe en la cabeza y nada más. No había vuelto a despertar hasta ahora.

La cabeza no le dolía en ese momento. Pensó que debieron drogarla, administrarle algún analgésico antes de meterla allí.

—¡Sáquenme! ¡Quiero salir! —gritó.

Las lágrimas brotaban de sus ojos sin parar. No podía controlar el llanto. Era tan intenso que los músculos alrededor de su boca se tensaban al máximo y su mandíbula temblaba. No podía dejar de llorar aunque deseara hacerlo.

Movía sus piernas y chocaba los pies contra el techo de la urna una y otra vez. Creyó sentir un animal caminar, y después correr, por su tobillo. Gritó otra vez. Se imaginó que era una araña o algo desconocido que vivía en la tierra y que hacía cavernas. Algo que ella no habría visto jamás.

—¡Sáquenme! ¡Por favor! —suplicaba en vano y continuaba golpeando las paredes de la caja donde se encontraba. Lo hacía con los pies y con las manos. De tanto hacerlo con desesperación, las manos comenzaron a dolerle.

Nadie podía escucharla. La crisis nerviosa que padeció duró más de diez minutos. Luego se dijo que, desesperándose, solo conseguiría quedarse sin oxígeno más temprano.

Al menos podía mover sus manos y sus brazos; no la habían atado. Quitó algo de la humedad que habían dejado las lágrimas en su rostro y en su cuello. Intentaba hacer un ejercicio de autocontrol, de dominio del pánico. Rezó. Pidió a Dios que alguien la escuchara.

—Alexis… Ella va a encontrarme. Es la única que puede hacerlo. Es especial. Nunca la comprendí bien, pero ella va a sacarme de aquí… —se dijo y volvió a llorar, esta vez con menos ímpetu.

Fue cuando un nuevo ataque de pánico la asaltó. Otra vez pateó la urna. Movía la cabeza de un lado a otro. La sacudió tanto que luego se sintió mareada.

Pretendía despertar de esa pesadilla, pero sabía que era real lo que le sucedía. Solo jugaba a engañarse.

—¡No! ¡Esto no puede ser verdad! —se decía a sí misma.

Por un momento pensó que hubiese sido preferible morir como ese hombre, el del cráneo destrozado en la vía.

Recordó cuando había tomado la decisión de ir a las Cabañas Wells. También la razón que tuvo para hacerlo. Era válida; cualquiera la hubiese entendido y en su lugar hubiese hecho lo mismo. Debían hacerse cosas diferentes para obtener resultados diferentes, y ella había conducido su vida de una manera más rígida de lo que hubiese querido. Solo que lo comprendió tarde. Pero fue eso, esa decisión que tomó, la que la había llevado a esa horrenda situación, la que la condujo a la muerte...

—¡Dios mío! ¿Quién me encerró aquí? ¿Por qué? —se preguntaba sin mover los labios.

Otra vez la mandíbula comenzaba a temblar. Inspiró profundo, cuatro veces. El olor a tierra entraba por su nariz y le traía a la mente ideas aterradoras. Se dijo que debía controlarse y sacar fuerzas de alguna parte. Volvió a inspirar y a espirar. Lo hizo despacio. Recordó cuando dio a luz a Mathew, su primer hijo; recordó los dolores de parto y los ejercicios de respiración para favorecer el proceso. Hasta ese momento, había pensado que aquella fue la ocasión que le exigió mayor control de la mente sobre el cuerpo en su vida. Y lo hizo tan bien que se sintió orgullosa. Una de las enfermeras presentes en la sala de parto lo reconoció. Ella escuchó cuando le dijo al doctor que era increíble, que la paciente no reflejaba dolor alguno.

Ahora se encontraba en una situación de muerte inminente y controlarse era casi imposible. Sabía que se quedaría sin oxígeno de un momento a otro, mas lo único que se le ocurrió hacer en ese instante fue los mismos ejercicios de respiración que hizo durante el parto de Mathew.

Calculó el tamaño de la caja en donde se hallaba encerrada. No duraría más de veinticuatro horas. Se asfixiaría antes. Pero si caía presa del pánico, sería peor. Entonces hubo algo que la hizo pensar que no iba a dejar que los últimos momentos de su vida fuesen controlados por otra persona, por el monstruo que la encerró allí. Ella nunca había sido así, no había dependido de nadie, y no cambiaría al final. Si era su muerte, iba a ser como ella decidiera e intentaría estar tranquila. Contaba solo con su pensamiento y su imaginación, con los recuerdos de la buena vida que había tenido para intentar mantenerse calmada y no perder la esperanza de ser encontrada.

—Nadie sabía que iba a las Cabañas Wells. Ni siquiera se imaginan por qué lo hice. Pero ya a estas alturas me estarán buscando. Alexis me estará buscando… —dijo en voz alta para convencerse de que la salvarían.

El animal que corría por su pierna continuaba ascendiendo lentamente.

2

RECORRÍ todos los recodos de la mina y no logré conseguir nada. No entendí para qué ese animal —el licaón— me había llevado hasta allí. Tal vez no era ese el sitio, sino otro cercano y yo no lo comprendí.

Me sentí como si estuviese arando en el mar. El área boscosa era enorme. Tenía que contar con algo, con alguna pista para poder descubrir alguna cosa. Me dije que iba a enloquecer, pero me resistía a desesperarme. Si lo hacía Anne, estaría perdida. Me intentaba convencer de que no estaba muerta una y otra vez. Tenía que aferrarme a esa idea para poder lograr resultados.

Volví a la cabaña. Cuando aparqué el Nissan, llegó un mensaje de voz a mi celular. Debió haber sido enviado en algún momento del camino en el que el aparato no tuvo cobertura. Era del jefe Martin. Me informaba que el psiquiatra asesor del Departamento de Homicidios de Rapid City, del cual ya me había hablado, se encontraba en las Cabañas Wells para sostener entrevistas con los Donner, Mary Hasting, Kenneth Ryder y Raymond Phelps. El especialista pretendía desentrañar el misterio de la pérdida de la memoria que relataban todos ellos. Tal como me había dicho Martin a las afueras del Instituto Forense de Rapid City, a los viajeros del bus se les consideraba testigos y no sospechosos, porque la principal sospechosa era Anne.

Me dirigí a la cabaña que funcionaba como oficina de la recepción del conjunto, donde había conocido a Linda Donner y a Mary Hasting la noche anterior. Supuse que allí tendrían lugar las entrevistas que conduciría el psiquiatra.

Encontré la puerta abierta. Cuando entré, vi a un hombre que se hallaba de espaldas. Vestía una camisa color rosa y pantalones *slim* negros. Era alto y muy delgado. Tenía el pelo oscuro y abundante.

Él no me oyó llegar. Parecía ensimismado en lo que hacía. Miraba algo entre sus manos. En ese momento me pareció un libro, o tal vez una libreta. Su nivel de concentración era bastante elevado. Cualquier otra persona hubiese volteado al escucharme llegar.

Me fijé en que llevaba puesto un reloj de pulsera, dorado. Lo tenía en el brazo derecho. En ese momento él levantaba el brazo y la mano. Luego la extendió. Me pareció extraordinariamente larga y pálida. En el dedo medio llevaba un anillo de considerable tamaño.

—Hola —dije.

Él volteó. Experimenté terror al ver sus ojos, un pavor que me paralizó, y no pude seguir hablando.

Supe que el psiquiatra era parte de la oscuridad, que había sido reclutado. Solo con verlo lo adiviné. Era la primera vez que me pasaba algo así, que esa pertenencia me resultaba tan evidente.

El hombre caminó hacia mí. Me mantuve inmóvil, aterrada.

—Al fin nos conocemos, Alexis. Soy Jamie Balfe…

3

SE DETUVO a un metro de distancia de mí y no me tendió la mano. Continuaba mirándome y dibujó una mueca con sus labios.

—Es una lástima que un lugar como este se haya visto envuelto en algo tan extraordinario. He participado antes de las actividades de los Donner, y he podido maravillarme con las fotografías del Parque Nacional Badlands que la gente de sus paseos ha tomado. También he asistido a las exposiciones de Linda, y sé que son un tanto especiales. Lo que pasa es que siempre he vivido en Rapid City, desde que me gradué —dijo con un tono de voz que no demostraba emoción alguna.

Caminó hacia la ventana y cerró la libreta que tenía entre las manos y que había estado leyendo antes de que yo llegara. Continuó hablándome de espaldas, mirando hacia afuera a través del cristal.

—Este es un lugar maravilloso, y es incomparable la observación que se logra de la Vía Láctea desde el Parque Nacional Badlands. Es el mejor sitio del planeta para verla. Los yacimientos fósiles y los riscos de granito de Needles también son un portento. Así que no debe prestarle atención a las leyendas ni creencias populares de estos parajes que ensombrecen un tanto a estos lugares. La gente necesita divertirse con un poco de misterio de vez en cuando.

Me di cuenta de que pronunciaba la erre con un énfasis peculiar y no me gustó su alusión a que «la gente necesita divertirse». Me dije que debía seguirle la conversación, como si no hubiese detectado nada malo en él. Era lo que estaba haciendo. Fingía, hablaba con naturalidad, aparentaba ser amable conmigo aunque no me hubiese tendido la mano.

—¿Ya ha entrevistado a algunos de ellos? —le pregunté.

Él continuaba de espaldas a mí.

—Sí. A todos. Me temo que han sufrido un «paréntesis», una especie de parálisis de sueño a la inversa. En la parálisis del sueño la persona está consciente, pero no puede moverse, el cuerpo por unos segundos no responde a la voluntad. En el proceso que he denominado «paréntesis» sucede lo contrario; la persona no está consciente de lo que sucede aunque el cuerpo pueda moverse, se pueda pestañear, incluso uno puede levantarse y hacer actividades mecánicas como lavar los platos, salir a pasear al perro o caminar por un parque conocido. Otra característica de este fenómeno es que el tiempo no transcurre para los afectados. Así, las horas pueden ser segundos en la consciencia de quien padece el paréntesis.

—Entiendo —respondí, parca.

No era ajena a esa explicación. Como psicóloga, sabía que existían estados de semiinconsciencia de esta naturaleza que él describía y que rozaban varios fenómenos, como lo hipnótico y los olvidos involuntarios. Ya había pensado en eso, pero también consideraba que alguien debía haber producido ese estado común en los pasajeros.

—Hasta ahora no había conocido ese proceso colectivamente —me limité a responderle a Jamie Balfe.

No deseaba expresarle mis pensamientos. Nunca había reconocido tan fácilmente a un aliado de la oscuridad. Tenía la certeza de que Jamie Balfe era muy peligroso y que estaba allí para atraparme.

Recuerdo que me pregunté en ese momento si Gabriel Martin también lo sería, si estaría de su parte, pero había sabido esconder mejor su pertenencia. No podía confiar en nadie después de ese descubrimiento que acababa de hacer. Entonces recordé que sí había una persona en la que podía confiar. Pensé en Lilian Peterson, la forense del Departamento de Homicidios de Wichita, con quien mantenía una excelente relación porque ella conocía mis secretos, mis facultades. Debía llamarla si no quería continuar con la sensación de que estaba sola enfrentándome a algo más poderoso que yo y de que hasta el jefe Martin podía estar implicado.

La desaparición de Anne me había debilitado, y la oscuridad lo sabía. Ahora estaba más cerca de mí, justo en esa habitación.

4

—¿Entonces ya ha terminado aquí? —pregunté.

Jamie Balfe se volteó y volvió a clavar sus ojos negros en mí.

—No. Apenas voy empezando. —Sonrió—. Le voy a sugerir a Gabriel que los deje irse a Rapid City. Todos residen allí, menos los Donner.

«Habló de Gabriel y no de Martin. Eso connota amistad, cercanía», me dije a mí misma.

—Han sido víctimas de una hipnosis colectiva. Alguien los convenció de que lo que sus ojos veían se repetía una y otra vez; alguien logró redoblar varios segundos en su cabeza como si estuviesen frente a una pantalla de televisión, enajenándolos de lo que en realidad estaba sucediendo alrededor de ellos. Todas las versiones de lo que cuentan son verosímiles y concuerdan en la historia. Mientras antes vuelvan a su rutina diaria, hay mayor posibilidad de que recuerden algo más. En un ambiente de tensión los recuerdos no aflorarán, y que los obliguen a estar aquí significa tensión para ellos —explicó.

Luego caminó en dirección hacia mí. Entonces tomé la

decisión de enfrentarlo. Caminé a su encuentro y le tendí la mano. Antes no había querido tendérmela y la mayor parte del tiempo se había mantenido dándome la espalda. Eso debía significar algo, no sabía qué, pero decidí hacer lo contrario a lo que él había programado en nuestro encuentro. Quería tocarlo.

—No nos presentamos de manera debida. Soy Alexis Carter del Departamento de Homicidios de Wichita, aunque eso ya usted lo sabe.

Lo toqué, sentí su mano helada. Un témpano de hielo. Era como si no fuese humano, como si por sus venas no corriera sangre caliente. No vi nada en mi cabeza, pero tuve la seguridad de que ese hombre era un gran observador y que por eso estaba allí. Quería que los pasajeros se fueran para analizarlos en su propio terreno. Él también deseaba saber quién era el asesino, pero con fines muy diferentes a los que me movían a mí.

Supe entonces que, sin quererlo, yo había sido útil para que la oscuridad llegara hasta allí y se interesara en lo que ocurrió en Badlands Loop. Si el asesino logró influir en las mentes de cinco personas de esa manera, debía ser muy poderoso, y por ello la oscuridad quería captarlo. La presencia de Balfe allí me confirmaba esa idea. Si el asesinato de Bristol y la desaparición de Anne hubiesen sido obra de la oscuridad, ese hombre no se hubiese presentado en las Cabañas Wells ni estuviese hurgando en las mentes de los pasajeros. Si lo hacía era porque también buscaba respuestas. La oscuridad solo se dejaba ver cuando el objetivo lo ameritaba.

Solté su mano. Él dio la vuelta y se dirigió a la puerta. En ese momento llegaba Arthur Donner.

—Pensé que ya usted se había ido —le dijo a Balfe.

Me pareció un comentario brusco para provenir de alguien como él, tan acostumbrado a las relaciones públicas.

Algo lo estaba descontrolando. Tal vez las ideas de Linda o los nervios de Mary Hasting. O simplemente él era el asesino que se sabía con la capacidad de controlar momentáneamente las mentes de los demás y le atemorizaba que un psiquiatra estuviese allí.

—Estaba terminando de tomar algunas notas de nuestras conversaciones, pero ya me iba —respondió Balfe con ese tono neutro con el que me había hablado antes y sin darse por aludido por la brusquedad del comentario de Arthur.

Era, de verdad, como un hombre hecho de hielo.

—Veo que ha conocido a nuestra huésped, a la última en llegar… —comentó Donner. Luego me miró y sonrió.

—Sí. Acabo de hacerlo —respondió Balfe.

Ellos no parecían ser aliados. De hecho, Arthur actuaba con recelo.

—Ahora sí me marcho. Buenas tardes —dijo Balfe y salió de la cabaña.

Fue extraño. Apenas lo vi, sentí pánico, pero luego, cuando decidí enfrentarlo, ese miedo pareció congelarse, no desaparecer, sino domesticarse dentro de mí. Me pregunté por qué me pasaría eso, ese cambio tan repentino. Fue la primera vez que pensé en la posibilidad de que alguien estuviese jugando con mi mente.

5

APENAS HICE ESA REFLEXIÓN, volvió el terror a mi cabeza y una sensación de ahogo inexplicable me atacó. Salí de la cabaña y caminé con rapidez en dirección al bosque que iniciaba del lado izquierdo del sendero que conducía a mi cabaña. Sentía que me estaba quedando sin oxígeno, como si mi diafragma no pudiera moverse o estuviera atrapada en una caja. Caminé entre los árboles sin parar, deseaba deshacerme de esa asfixia, y se me dio por pensar que era la cercanía a las cabañas lo que me la producía.

Transcurrieron unos minutos y la desagradable sensación fue disminuyendo. En ese momento comencé a escuchar a los pájaros y el murmullo del arroyo que estaba cerca.

«¿Sería que a Anne la habían asesinado asfixiándola?», me pregunté. También consideré que podía ser el haberle dado la mano a Balfe lo que me produjo ese ahogo, aunque eso había comenzado unos minutos después.

Jamie Balfe podría ser el asesino y Anne podría estar muerta con las marcas de sus manos en el cuello…

Sentí las lágrimas resbalar en mi cara. Tomé el celular y

llamé a Lilian Peterson. Necesitaba desahogarme. Sabía que debía pedir ayuda.

—¡Tienes que venir, Lilian! No tengo a quién acudir. Lo que pasa aquí no me gusta. No he avanzado nada. No sé si Anne está viva y cada vez me siento más aprisionada, más atrapada. Tampoco confío en el jefe de policía ni en el asesor que se ha buscado.

—Es terrible, Alexis —interrumpió.

—Sí.

—Moveré algunos hilos. Intentaré ir para allá o apoyarte de alguna manera. Ya creo saber cómo hacerlo… Charlize no podrá negarse, pero intenta calmarte —me pidió.

Me sentí aliviada. Le di las gracias a Lilian, corté la llamada y guardé el teléfono en el bolsillo de mi chaqueta. Entonces escuché que alguien se acercaba. Ahora venían por mí.

¿Para qué entrar en esa zona boscosa si por allí no estaba el camino a ninguna de las cabañas?

A menos que se tratara de Kenneth Ryder corriendo, me dije.

¿Y si Jamie Balfe estaba asociado con Gabriel Martin y había logrado con sus conocimientos psíquicos ese paréntesis que él mismo había descrito a la perfección?

Eso significaría que estaba atrapada en sus redes al entrar en ese bosque. Martin era la autoridad en el lugar, y si algo me pasaba allí, nadie se enteraría porque sabrían ocultarlo bien, siendo Martin policía. Además, podrían haber controlado la mente de los pocos huéspedes en ese momento tal como lo hicieron en el bus.

Saqué mi arma. Me oculté tras un tronco y esperé unos momentos. Un hombre se acercó y miró a todos lados. Era quien menos esperaba encontrarme allí.

6

—¿Qué está haciendo aquí? —pregunté, saliendo de mi escondite.

Se trataba de Sebastian Hausmann, el hombre de Asuntos Internos. El mismo al que designaron para investigarme en un caso anterior. Parecía que alguien de arriba estaba empeñado en vigilarme. En ese momento, reconocí que había sido presa de un pánico irracional. No podía seguirme comportando como un conejo asustadizo. Algo me estaba alterando demasiado.

—Hola, Alexis Carter. No podemos decir que eres efusiva dando bienvenidas —me dijo, sarcástico.

Una de las peores cosas de verlo allí era que sentí que me gustaba. Desde que lo vi la primera vez me atrajo. Ya estaba bastante descentrada como para que este nuevo «factor» viniese a interferirme. Además, no estaba segura de poder confiar en él.

Se acercó a mí.

—¿Cómo se explica tu presencia aquí? —le pregunté.

—He venido por lo de Anne Ashton…

Lo entendí. Venía a investigar por qué Anne había enloquecido según Gabriel Martin. A esas cosas se dedicaba la unidad en la que Sebastian Hausmann trabajaba.

—No puedo creer que de verdad pienses que Anne Ashton es una asesina. Es mi compañera de trabajo en Wichita y es la mejor policía que existe, no una asesina... —le reclamé.

Me tomó del brazo y me hizo una seña para que callara. Nos quedamos en silencio. Él mantenía su mano en mi brazo sin hacer presión y miraba un punto en el vacío. No quería observar, sino escuchar, y dejar la mirada puesta en la nada era su forma de afinar el oído. Parecía un cazador.

Me gustaba mucho. Su forma de moverse, de concentrarse. Un recuerdo inoportuno me atacó. Recordé cuando hacía años hablaba en el consultorio de Topeka sobre las ganas inmanejables de besar que algunas veces atacaban a mis pacientes. Las mismas que me atacaron en ese momento y que desaparecieron con la misma velocidad.

Me di cuenta de que era cierto lo que Sebastian había intuido: alguien nos estuvo escuchando. Yo también oí un ruido de pisadas sobre un lecho de ramas secas.

Uno de los huéspedes de las Cabañas Wells podría en ese momento saber la verdadera razón de mi presencia allí.

7

Sebastian me soltó el brazo.

—Sea quien fuera, ya se ha ido —dijo.

Me miró y lo supe. Yo le atraía tanto como él a mí. Eso era aún peor. No podía ser más inoportuno el momento para iniciar cualquier cosa con Sebastian Hausmann.

Me separé un poco de él. Era perceptivo. Notó que algo me pasaba.

—Me iré a Rapid City. Solo quería que supieras que estoy en el caso. Y no pienso que Anne Ashton sea una asesina. He estudiado su historial y creo en su inocencia. El asesino debe haberla secuestrado. Así que, aunque no te lo parezca, estoy de tu lado.

—Muy bien —alcancé a decirle.

Se dio la vuelta y comenzó a alejarse. Me quedé mirándolo. Sabía que no voltearía. Era de los que no le gustaba que pudieran leer sus pensamientos, y sabía que me había dado cuenta de que yo le atraía.

Volví a mi cabaña y no encontré a nadie en el camino. Quien nos escuchó se había apresurado en desaparecer. Ya eran las seis de la tarde. Decidí darme un baño y aprovechar esa última noche en las Cabañas Wells para hablar con los huéspedes. Sabía que Jamie Balfe le diría a Martin que Mary Hasting, Kenneth Ryder y Raymond Phelps debían irse a sus casas en Rapid City, y también sabía que Martin aprobaría la recomendación del psiquiatra aunque no fuera su aliado, ni miembro de la oscuridad.

Sentía que se me acababa el tiempo. Podría seguir investigando, pero en Rapid City, y entonces, para volver a contactar con ellos, tendría que revelar la razón de mi presencia allí. Perdería esa poca confianza que algunos podrían tenerme al verme solo como una huésped más.

Cuando estuve lista y me dispuse a salir de la cabaña para hablar con quien encontrara primero, alguien tocó a mi puerta de forma insistente.

—Alexis, ¿estás allí? Perdona, pero tengo que hablarte sobre algo. Alexis, soy Mary. Mary Hasting…

Enseguida abrí la puerta.

—Sé lo que estás haciendo aquí. Supongo que eres policía. Te escuché hablar con el otro policía en el bosque. Perdona por haber salido corriendo y no dejar que me vieran. Todo lo que aquí ha pasado me ha puesto muy nerviosa.

Le pedí que pasara. Ella lo hizo. Noté que temblaba.

—Cálmate, Mary… —comencé a decir, pero me interrumpió.

—Sé por qué ella vino a las Cabañas Wells y por qué quiso participar en el paseo fotográfico.

—¿Por qué? —pregunté alzando la voz.

—Fue por él, por Kenneth Ryder.

8

—Entre ellos dos había algo. Estoy segura de que no era la primera vez que se veían —completó Mary.

Le pedí que se sentara y le ofrecí una botellita de agua. Ella lo hizo, cogió la botella y la bebió de varios sorbos.

Aguardé y me senté junto a ella. Nos encontrábamos en torno a la pequeña mesita en el área del comedor de la cabaña. Frente a nosotras había una ventana que tenía las cortinas descorridas y ella no dejaba de mirarla ni un segundo.

—¿De qué tienes miedo? —pregunté.

Creo que le sorprendió mi pregunta, pero respondió veloz.

—Es que él podría hacerme algo si sabe que he venido a decirte esto.

—¿Quién es él? —insistí.

—Kenneth Ryder.

—¿Por qué dices que entre ellos dos había algo?

—Los vi. Me di cuenta de cómo se saludaron. Soy observadora. Cuando los dueños de las mascotas me mienten, yo lo sé por detalles que he visto en ellos, en los animales o en cualquier otra cosa en sus casas cuando hago visitas a domicilio. Y estoy segura de que esa mujer, Anne Ashton, lo conocía a él, a Kenneth Ryder, desde antes.

—Vas a tener que ser un poco más clara conmigo —le pedí.

—Ella llegó y ya todos estábamos dentro del bus. Todos, menos Arthur, que estaba haciendo algo en una de las cabañas. Yo, de repente, me di cuenta de que no recordaba si había dejado cerrada como era debido la puerta de mi cabaña. Le pedí a Linda que no se fueran sin mí y bajé volando del vehículo. Subí hasta mi cabaña y verifiqué. Estaba todo en orden y volví al estacionamiento. Entonces fue cuando los vi. Ella llegaba caminando y él estaba afuera del bus. Kenneth caminó a su encuentro. Creo que nadie más se dio cuenta de eso, solo yo. En ese momento pensé que era la novia de Kenneth.

—¿Por qué? —le pregunté.

—Estoy segura de que se besaron.

—¿Se besaron? ¿Como amigos? ¿Como novios?

—Sí y no. Se besaron en la mejilla, pero luego él dejó la mano sobre la espalda de ella. No la apartó de inmediato y ella parecía cómoda con eso. Continuaban hablando y riendo. Había una corta distancia entre ellos. Sobre todo, ella reía y él era quien más hablaba. Luego él acarició su espalda y se separaron un poco. Los dos se dirigieron a la puerta del bus. En ese momento llegaba Arthur y Anne Ashton le dijo algo. Supongo que le preguntó si podía participar del paseo y él le debió decir que sí. Ya para ese momento yo me encontraba cerca. Subí al bus y después lo hicieron ellos. Eso fue todo.

Lo que me dijo la empleada de la línea aérea en el aeropuerto de Wichita adquirió un nuevo sentido para mí después de las palabras de Mary. Tal vez Anne no estaba mirando ni al hombre ni a la mujer que se besaron o se saludaron afectuosamente. Quizás los miraba a ambos, a la relación entre ellos, a lo que significaba eso para ella. Podía ser que Anne, desde hacía días, supiera que algo importante faltaba en su vida y fue ese algo lo que reconoció en la pareja del aeropuerto.

Anne tal vez creyó que Kenneth Ryder podría darle algo valioso que ella veía que tenían los demás, que le hacía falta, lo que reconoció en la pareja del aeropuerto. Eso había dicho la empleada de la aerolínea, que era como si «reconociera» a alguien. Pudo ser más bien «algo».

¿Se habría sentido Anne atraída a tal punto por Kenneth Ryder para cambiar sus planes?

Alguien me había hablado del lado oculto de Anne, pero en ese momento no recordaba quién.

9

—Si eso fue todo lo que viste, ¿por qué estás tan asustada? No tiene nada de especial o de peligroso. Quiero decir, ¿por qué crees que esa información te pone en peligro y tienes miedo a Kenneth Ryder?

—Porque me parece que él lleva algo malo consigo. No es una persona equilibrada. No sé si me estoy explicando. Es como si tuviese un peso muerto sobre sus hombros. Tal vez el problema en la pierna, en la rodilla, lo ha hecho resentirse contra la vida. Podría tener mucha rabia oculta.

—¿Viste algo, alguna relación, entre Ryder y Paul Bristol?

—No. Aunque ahora que lo dices, la noche antes del *tour*, estoy segura de que ellos dos hablaron aquí en el sendero que conduce a estas cabañas. La cabaña de Ryder es la número uno. Lo sé porque lo he visto entrar allí cuando viene de hacer ejercicios en el bosque. Digamos que es un hombre en el que una se fija…

Hizo una pausa.

—Entiendo. ¿Dices que en la noche ellos dos hablaron?

—Sí. Estoy segura, pero no sabría decirte sobre qué. Solo

escuché sus voces. No los vi, pero estoy segura de que no era la voz melosa de Arthur ni mucho menos la voz áspera de Raymond Phelps.

—¿Por qué no dijiste nada de esto a la policía? ¿O sí lo hiciste?

—No. Porque tenía miedo. ¿Y si Kenneth nos drogó a todos, si le hizo algo a las botellas de agua que han estado todo el tiempo en la cabaña administrativa y mató a Bristol porque se conocían, o porque él se enteró de algo sobre él, de un secreto, y también secuestró a Anne Ashton por la misma razón?

Hizo una pausa para tomar aire. Tenía las pupilas dilatadas.

—Ella también podría ser su cómplice. He conocido personas que son capaces de cambiar de repente por una pasión que alguien les provoca. Personas que pueden haber estado esperando toda la vida por algo y que, cuando lo encuentran, se aferran a eso sin importar nada más. Es como un resplandor que las ciega.

—Como un resplandor… —repetí despacio.

10

LE PREGUNTÉ a Mary Hasting si sabía dónde se encontraba Kenneth en ese momento. Me dijo que creía que había salido a correr por el bosque. Le pedí que no dijera nada a nadie de lo que habíamos hablado. Ella asintió y salió de la cabaña, luciendo más tranquila.

Mary Hasting me parecía una testigo confiable. La descripción que había hecho del saludo de Anne y Kenneth estaba cargada de detalles. Tuve la impresión de que podía ser cierto lo que dijo y se lo conté a Rossy. Apenas Mary se fue, la llamé y le dije que lo prioritario era saber todo de la vida de Ryder; si antes había estado en Wichita; si pudo haber coincidido con Anne alguna vez en alguna parte del mundo.

Noté a Rossy deshecha, triste. A todos nos afectaba la desaparición de Anne y continuaría haciéndolo hasta que no supiéramos qué había pasado con ella. En el caso de Rossy, su voz había cambiado, ahora sonaba mucho más joven, como si fuese casi una niña. Al menos a mí me lo pareció en ese momento.

Yo, en cambio, me había bloqueado, no percibía casi

nada. Una sola certeza había tenido en las horas que llevaba en Dakota del Sur: que Jamie Balfe pertenecía a la oscuridad.

—¿Crees que él tenga que ver con la desaparición de Anne? —me preguntó Rossy al teléfono con la voz cada vez más aguda. Comprendía que para ella era muy difícil imaginar que Anne podría estar muerta.

—No lo sé. Pero si lo que dice Mary Hasting es cierto, podría ser. Lo que sabemos de él es que ha trabajado en gimnasios de relativo prestigio, que es ciclista, escalador, deportista y que estudió Economía. ¿Eso es? —confirmé con Rossy.

Me parecía inusual que un graduado de Economía no se dedicara a una labor intelectual y en cambio trabajara en un gimnasio como un entrenador. A todas luces, prefería el cultivo físico. A menos que su facultad intelectual estuviese en entredicho a sus propios ojos, y que eso le hubiese hecho cultivar un gran resentimiento hacia los demás. Hacia las mujeres y hombres que podría atraer con su espléndida figura.

—Sí. No hay nada raro en su historia. Ahora intentaré encontrar algo en común con la de Anne. Tal vez alguna vacación en la que coincidieran en algún hotel, en una estación o aeropuerto. Ahora recuerdo lo que nos dijo Juliet cuando estabas aquí. Dijo que si ella salía de la oficina y se iba al parque y se sentaba en un banco, allí podría conocer a alguien sin que las redes, ni internet, ni nadie se enteraran. ¿Lo recuerdas?

—Sí. Hablaba de esos encuentros fortuitos que algunas veces ocurren… —dije y me quedé pensando.

Me despedí de Rossy. Me dije que, si era Ryder quien poseía la capacidad de nublar la mente de los pasajeros, quizás no logró hacerlo del todo con Anne y por eso tuvo que actuar de manera diferente con ella. Por mucha atracción que sintiera Anne por ese hombre, no iba a ser cómplice de un asesinato. Si como dice Mary Hasting, Kenneth y Bristol hablaron la noche antes de la salida del paseo, eso indica que podrían conocerse más de lo que Ryder dijo. Pero si Kenneth dudaba de la capacidad de nublar la mente de Anne y planeaba matar a Bristol en ese momento, ¿por qué se arriesgaría a invitarla al paseo?

Tenía muchas dudas en mi cabeza. Salí de la cabaña y fui en busca de Kenneth. Llevé la Glock conmigo. Llegué a la cabaña número uno y toqué a la puerta. Me sentí observada. Nadie abrió. Di la vuelta a la cabaña y no escuché ni vi signos de que allí hubiese alguien. Volví sobre mis pasos al sendero que conducía a mi cabaña y me adentré en el bosque. Las luces del complejo turístico alumbraban mi paso. Miré unas huellas en un camino entre los árboles cerca del lugar donde más temprano había estado hablando con Sebastian. Continué ese camino. Anduve durante diez minutos más o menos. No escuchaba nada ni veía rastros de Kenneth.

Se me ocurrió de repente que Anne estuviese allí, que su cadáver se encontrara en ese bosque. Los hombres de Martin no habían buscado en ese lugar y era una buena pregunta interrogarse la razón. Claro, ellos buscaban a una prófuga, no a un cuerpo…

—¿Por qué te dices que está muerta? —me reclamé en voz alta a mí misma.

No vi un tronco que se hallaba delante de mis pies y caí de rodillas. En ese momento volvió a venir a mi cabeza la visión de la muñeca que me asustaba, la manchada y ennegrecida que encontré en el basurero de la casa de mi abuela.

La primera vez que me vino ese recuerdo fue un día atrás, cuando estaba en la cabaña hablando con Rossy por teléfono. Ahora lo hacía otra vez, pero era diferente. Ahora a la muñeca le faltaba un ojo y de esa cuenca vacía le salían gusanos.

Me levanté y sacudí mis manos. No quería pensar que esa visión al contacto con la tierra me estuviera alertando que Anne estaba enterrada allí, a pocos metros. La cara de la muñeca se parecía un poco a la de Anne, sobre todo su pelo. La tierra es un buen lugar para los gusanos…

Por estar pensando esas ideas horrendas no escuché que alguien se acercaba a mí por detrás.

11

—¿ME está buscando? —preguntó Kenneth Ryder.

Llevaba la linterna en la frente y la luz me apuntaba como la mira de un rifle.

—Sí. Lo estoy buscando —respondí.

Él se acercó. Se quitó la linterna frontal y la apagó. Su respiración era entrecortada. Lo noté casi exhausto. La forma frenética como Kenneth Ryder hacía ejercicios me pareció una práctica de autodestrucción, como si no deseara parar hasta caer desmayado.

—¿Me permite la linterna? —pregunté.

—¿Quiere esto? —respondió extrañado.

Sus ojos clarísimos me miraban con un brillo de incredulidad. Se me había ocurrido que tener contacto con ese objeto que lo acompañaba en sus carreras en soledad podría transmitirme algo de él, de su pensamiento.

Comprendí por qué pudo haberle gustado a Anne. Tenía cara de niño, y si algo era Anne, era maternal, protectora y deseaba que todos a su alrededor estuviesen a salvo. Más un tipo como ese, al que tal vez no se cansaría de admirar.

Aunque al principio le pareciera su cara la de un niño, después primaría en su atracción esa apariencia de hombre extraordinariamente guapo.

Él me ofreció la linterna. La toqué. Había tristeza en Kenneth. La sentí cuando palpé la banda elástica. Después lo vi en el cementerio de mi sueño, llorando la muerte de alguien. Esta vez sí pude leer la inscripción en la lápida: «Jim el indio».

Le devolví la linterna.

—¿Para qué me buscas, Alexis Carter?

—¿Quién es Jim?

Hicimos los dos las preguntas a la vez.

—Era un buen amigo, una persona que lo era todo para mí y que murió en una ruta de senderismo no tan lejos de aquí. En ese accidente, yo también me lesioné la rodilla —dijo.

—¿Por eso corres de esa manera? ¿Para volver a ese lugar? —le pregunté.

Me miró como si se diera cuenta de que yo era una persona peligrosa porque podría comprenderlo, y él no deseaba ser comprendido.

—Siempre intento llegar, pero cuando me aproximo, me detengo y doy la vuelta. Soy un cobarde. No solo eso. También soy un asesino.

Por un segundo pensé que confesaría el crimen de Paul Bristol. Instintivamente, moví mi mano derecha buscando mi arma.

—Estoy seguro de que eres policía, así que deberías detenerme. Yo lo maté…

12

——

—¿A quién mataste? —pregunté.

—A Jim.

—¿Cómo lo mataste?

—Me empeñé en ir a esa excursión. Tenía que explicarle algo. Las cosas entre nosotros no iban bien y Jim podía ser difícil de controlar y de mantener a tu lado cuando querías decirle algo importante. Pero no pude hacerlo. Discutimos y se fue. Estuve buscándolo más de una hora y, cuando lo encontré, lo vi en el fondo del desfiladero. Bajé lo más rápido que pude y me lesioné, pero continué. También caí. Jim ya estaba muerto. Se rompió el cuello. Nunca tuve oportunidad de salvarlo.

Llevó sus dos manos a la cara, se frotó los ojos. Después las apartó con violencia, con rabia. No quería llorar, pero lo estaba haciendo.

—Ni siquiera sé por qué te estoy contando esto —dijo pronunciando más rápido las palabras. Tocó su rodilla e hizo un gesto de dolor.

Ya estaba claro para mí que el vínculo que tenía con Jim

era muy íntimo.

—Lo amaba. Era la persona más importante y fue mi culpa que muriera. Tampoco lo hice feliz, porque no me sentía libre exponiendo lo nuestro. Era mi primera relación homosexual, y tal vez sea la última. Él, Jim, para mí fue como una explosión. Un antes y un después.

—¿Un resplandor? —pregunté.

—Sí. Puede describirse así —me respondió e hizo una mueca parecida a una sonrisa—. ¿Cómo sabes eso? Lo de Jim. Aquí nadie lo sabe. ¿De dónde sacas su nombre? ¿Quién eres realmente? —preguntó.

—¿Cómo sabes tú mi apellido? Estoy segura de que nadie te lo ha dicho en este lugar. He tenido cuidado de no mencionarlo —le dije.

Era cierto. Lo había hecho con un claro propósito: que no me investigaran en las redes.

—No lo sé. Se lo habré escuchado a alguien —mintió.

—Soy policía, del Departamento de Homicidios de Wichita. He venido a investigar la desaparición de Anne Ashton. La mujer que subió con ustedes al bus. Sabes de quién hablo. ¿No sería ella quien te dijo mi nombre completo?

—No. No sé de qué estás hablando. Yo nunca conversé con ella.

—Alguien te vio hablándole —le contradije.

—Quien diga eso está mintiendo. Nadie pudo verme conversando con Anne Ashton.

—Has cometido dos errores Kenneth. Has dicho «conversé» en lugar de «hablé». Es sutil, pero hay una diferencia. Otra persona hubiese utilizado el verbo «hablar». Este se emplea para situaciones de comunicación entre desconocidos, y suelen ser encuentros efímeros. Como cuando uno «habla» con el encargado de una tienda, por ejemplo. Conversar es otra cosa. Estoy segura de que conversaste con Anne en alguna parte, que la conociste antes. Y que la invitaste a que participara en el paseo. También has dicho «nadie pudo verme conversando» en vez de «yo no hablé con ella». Es diferente. Debes estar muy seguro de que cuando se conocieron, y tal vez conversaron durante horas, no había nadie fijándose en ustedes o no había nadie alrededor —razoné.

Vi en él un segundo de duda, como si quisiera decirme la verdad, pero no lo hizo.

—No sé de qué estás hablando. Nunca conocí a Anne Ashton.

Después de decir eso, se fue en dirección a las cabañas.

13

En ese momento me di cuenta de que yo también había cometido un error. Había pasado algo importante por alto: el bus.

Si al tocar la banda elástica de la linterna de Kenneth había visto algo, cabía la posibilidad de que al tener contacto con los asientos del bus también lo hiciera. Además, era allí donde se había dado el fenómeno colectivo, donde los pasajeros entraron en esa forma de conciencia alterada que les impidió darse cuenta de lo que sucedía. Al menos esa era mi teoría de las cosas.

Pensaba que quien les hizo entrar en el paréntesis descrito por Balfe debía tener cercanía con ellos, estar allí presente. No me parecía que fuera Kenneth, porque lo que había percibido de él no tenía que ver con el asesinato de Bristol, sino con la muerte de Jim, su amante. Pero también cabía la posibilidad de que yo misma estuviese siendo víctima de la acción poderosa del asesino, que él estuviese bloqueando mis capacidades empáticas. No podía olvidar que era una persona poderosa. Y bien podía ser Kenneth.

Decidí ir de inmediato al Instituto Forense. Si corría con suerte, todavía el bus debía estar allí. Apenas habían pasado menos de cuarenta y ocho horas desde la desaparición de Anne.

Me dirigí a mi cabaña y busqué las llaves del auto que había alquilado. Bajé las escaleras que conducían al estacionamiento. Intenté acortar camino tomando por detrás de la cabaña, donde funcionaba la recepción del complejo, y escuché las voces de Arthur y Linda Donner que se colaban por una ventana entreabierta. Las persianas del interior estaban corridas, pero la ventana no estaba del todo asegurada.

«Fue tu culpa por esa obsesión que siempre has tenido», eso le decía él a ella. No pude comprender lo que Linda respondía. Hablaba en voz más baja. Luego los dos se callaron. Tal vez escucharon mis pasos. Alguien cerró la ventana sin descorrer las persianas.

Continué mi camino hasta mi automóvil, pensando que quizás había llegado el momento de presentarme como lo que realmente era y no como una huésped. Tenía que presionarlos a todos y debía conseguir alguna pista pronto. La vida de Anne estaba en peligro. Al menos ese era el mejor escenario: que todavía estuviese viva. Lo otro no quería ni pensarlo.

¿Por qué Arthur culpaba a Linda? ¿Qué había sido su culpa? ¿Por qué Kenneth se negaba a decirme la verdad sobre Anne? ¿O lo que vio Mary no era cierto y solo producto de su imaginación?

Todas esas preguntas me invadían el cerebro mientras manejaba hacia Rapid City. En veinte minutos estuve en el Instituto Forense. Ya eran las once y cuarto de la noche.

Me presenté ante el oficial de guardia, le mostré mi identificación y le dije que debía ver el vehículo del caso Bristol. El hombre dudó, pero debí convencerlo con mi tono de voz y la seguridad que demostré. Si me impedía el ingreso, de igual manera, estaba dispuesta a entrar. Me orientó para encontrar el estacionamiento de vehículos. Debía dar la vuelta a la edificación y llegar hasta una puerta de garaje color gris. Eso hice.

Estacioné el auto, me apee y cuando iba por la mitad del camino, tuve la sensación de que alguien iba detrás de mí. Me detuve, no escuché nada. Continué alerta. Era como si una persona ocultara el sonido de sus pasos, acompasándolos con los míos.

Volví a detenerme. Entonces sí escuché claramente los otros pasos. Alguien me seguía. Me di la vuelta.

14

—¿QUÉ estás haciendo aquí? —me preguntó Sebastian Hausmann cuando estuvo a poca distancia de mí.

—¿Por qué me estás siguiendo? —dije como única respuesta.

—No te estoy siguiendo. Salía al estacionamiento y te vi, reconocí el auto. También soy policía, y de los buenos. Eso significa que soy observador. Noté que el único auto de alquiler en las Cabañas Wells era ese Nissan. Supuse que era tuyo. Los demás huéspedes son de la zona y tienen sus propios vehículos. La única que viene de Wichita eres tú.

—¿Qué quieres? —insistí.

—Saber en qué andas.

—¿Para qué?

—¿Ayudarte? Te parece tan inconcebible que alguien quiera ayudarte, Carter.

Me quedé callada unos segundos. Hacía mucho tiempo que no me llamaban por mi apellido. Me pareció irónica esa formalidad porque entre nosotros había tensión sexual, y los dos lo sabíamos. Puede que lo hiciera por eso, para esquivarla, disminuirla. Tal como yo también lo intentaba.

—Quería ver el vehículo, el bus. Creo que no han hallado nada allí, ni rastros de sangre ni huellas desconocidas, porque de haberlo hecho me hubiesen informado, pero de todas maneras quería verlo.

—Es extraño. No sé qué podrás sacar solo con verlo. Iré contigo. Así me aseguro de que nadie te impida hacer lo que sea que pretendes hacer.

Tuve que reconocer que su presencia podía ser valiosa. Yo estaba allí porque la jefa Charlize Tonny lo había solicitado, pero él lo estaba porque debían abrirle las puertas. Su unidad era de las que nadie quería tener revoloteando cerca, pero también a las que no puede decírsele que no investigue. Además, en teoría, Hausmann pensaba lo mismo que Gabriel Martin, que Anne era culpable. Para aclarar ese tipo de culpabilidades era que aparecían los agentes como él. Era un policía de policías. Debía haber hecho buenas migas con el jefe Martin y era bueno tenerlo de mi lado.

Comenzó a andar delante de mí. Cuando llegamos a la puerta gris que me había dicho el oficial, yo me detuve y él, al darse cuenta, también lo hizo. Llamé por el intercomunicador y esperé. Una mujer uniformada abrió. Sebastian mostró su identificación y ella se apartó para que pasáramos. Entramos en una especie de garaje.

—Venimos a ver el vehículo del caso Bristol. Debe ser el único minibús en análisis en este momento —dijo Sebastian.

La mujer afirmó y nos señaló con la mano hacia el lugar donde estaba estacionado. No hizo ninguna pregunta.

—Está abierto y ya han terminado los análisis. Tenemos la orden de sacarlo de aquí en cuanto amanezca.

Después de decir eso, volvió a sentarse junto a la puerta.

Nosotros nos detuvimos junto al bus y Sebastian me miró con curiosidad.

—Aquí lo tienes, Carter —me dijo y me miró intrigado—. Iré a distraerla. Le pediré el informe de salida o cualquier cosa parecida. Preguntaré hasta qué hora estuvieron trabajando en esto u otra cosa inútil. Haz lo que tengas que hacer —me dijo. Se dio la vuelta y se fue.

Me quedé paralizada. No comprendía nada. ¿Por qué Sebastian Hausmann me facilitaba las cosas, si para alguien que no conociera mi forma de trabajar podría resultar una acción sin sentido lo que estaba haciendo allí?

Volví a concentrarme en el bus. Puse la mano sobre la carrocería. La sentí muy fría, como si hubiese tocado un témpano de hielo.

15

Continué deslizando la mano sobre la carrocería hasta llegar a la puerta. Entré. Tenía clara la ubicación de los pasajeros. La misma estaba descrita en el expediente del caso que analicé junto a la oficina de Martin cuando llegué a Rapid City hacía dos días.

Me dirigí al asiento del conductor, lo toqué y tuve una visión. Vi a un hombre joven postrado en una cama. Parecía agonizar. Había un péndulo que se movía sin cesar y de repente se llenaba de agua que salía de adentro hacia afuera, e inundaba la habitación. El hombre comenzó a flotar sobre el agua oscura. Él vestía de blanco.

La imagen desapareció. Después toqué el asiento donde había estado sentado Arthur Donner.

No experimenté nada, pero cuando pasé mi mano por el espaldar del asiento de Linda, entonces tuve otra visión.

Esta vez vi a una mujer de rostro arrugado y pelo cano. Ella estaba de espaldas. Recibía un golpe certero en la base del cráneo con un objeto romo y brillante. Esta imagen no estuvo tan clara como la anterior, además, su duración fue menor. Apenas lo suficiente para comprender lo que pasaba. Esa anciana había sido atacada hace mucho tiempo.

Luego busqué el asiento de Kenneth. Volví a verlo en el cementerio de mi sueño frente a la tumba de su amante secreto.

Sabía que junto a Ryder se había sentado Anne. Iba a tocar ese asiento, pero me detuve. Una ola de pánico me atacó. No quería ver que Anne estuviese muerta ni tampoco la forma como habrían podido asesinarla. Era demasiado para mí sentir su agonía, su miedo.

Entonces toqué el asiento que ocupaba Mary Hasting. Vi a una chica muerta al pie de una edificación de gran tamaño que parecía una escuela. Su cuerpo yacía sobre varias piedras de grava gris y junto al tronco de un rododendro. La chica muerta era Mary Hasting.

«¿Cómo era posible si ella estaba viva?», eso fue lo que me pregunté en el momento en que la visión se extinguía. Me dije que debía enfrentarme de una vez a lo que fuera que le había pasado a Anne, y me obligué a tocar el asiento que ella ocupó.

Entonces ninguna idea o imagen vino a mi cabeza. Me quedé en blanco. Comencé a sentir un calor sofocante. Mi piel, de repente, se llenó de sudor. Era como si estuviese en un lugar sin ventilación. Sentí también que algo recorrió mi pierna, como un insecto. La sacudí. La sensación no se iba. Una especie de claustrofobia me atacó y tuve que salir del bus de inmediato. Me estaba asfixiando.

Caminé algunos pasos para alejarme. El bus se había convertido en una prisión o en algo peor, en una jaula. Después comprendí que lo que sentía era que no había oxígeno allí adentro. No era una prisión ni una jaula. Era una tumba. Anne estaba en una tumba...

PARTE III

1

ANNE DESPERTÓ y se preguntó por qué no podía morir durmiendo. Continuaba encerrada en el ataúd. No podía entender cómo era que seguía con vida.

Creía que había pasado muchas horas dentro de esa horrenda caja. Ya no intentaba escapar ni golpeaba las paredes. Era inútil.

Llegaron a su mente recuerdos de los hechos sucedidos antes de subir al bus en las Cabañas Wells. La alegría del tío Tom y la tía Rachel. Lo bien que se había sentido en la celebración junto con ellos. También cuando conoció a Kenneth en la cafetería de Rapid City, aquel lugar tan bonito que le había llamado la atención porque tenía afiches de Memphis y un gramófono de estilo antiguo, dorado y brillante. Por eso había entrado allí. Por ese gramófono y lo que significaba; la alegría, la compañía, el baile y la música. Le gustó mucho ese lugar y le produjo como un *déjà vu*.

Entonces lo vio a él. Fue un encuentro casual, pudo ser olvidable si ella no se hubiese fijado en el color de sus ojos. Era un azul que jamás había visto, algo cegador, turbador.

Después lo miró con atención y todo lo que vio le gustó. Además, él le sonrió. Fue una sonrisa trágica, incluso triste. Supo que algo le pasaba y no quería dejar de admirarlo.

Recordó que se dijo a sí misma que necesitaba lograr algunos cambios en su vida. Atreverse a cosas que antes quiso hacer, pero que siempre posponía. Y allí estaba ese hombre, quien le hacía una invitación a comenzar esos cambios.

Sin más, él se le acercó, llevando consigo una taza humeante de café, y se sentó en su mesa. Ella no dijo nada. Se mantuvieron en silencio durante algunos segundos. Fue un silencio excitante.

Después de eso pasaron horas conversando. Podía recordar en detalle todo el hilo de la conversación y el momento en el que decidieron cambiar las tazas de café por los tragos de *gin*. Él le dijo que no tomaba casi nunca, pero que con ella le parecía una buena idea hacerlo. Fue un diálogo fresco, como el que se sostiene con alguien conocido.

Al despedirse, la invitó a participar del paseo para tomar fotografías que comenzaba en las Cabañas Wells de Badlands Loop.

Ella no sabía dónde estaba eso, pero ni siquiera dudó un segundo en aceptarlo. Llevaba días pretendiendo probar una «aventura medida». Sabía que debía abrirse a nuevas personas, los niños estaban con su exesposo y ella no estaba faltando a ninguna de sus responsabilidades, así que podía posponer su vuelta a Wichita un día más sin problemas. Ya era tiempo de pensar en ella.

Anne comenzó a llorar. Se permitió hacerlo, pero sin perder el control como le había pasado antes.

—¿Por qué tuve que fijarme en ese gramófono? ¿Por qué tuve que mirar a Kenneth? —dijo en voz alta, pero apenas audible, mientras las lágrimas llenaban su rostro.

Anne no podía respirar bien. Intentó convencerse de que

era por el llanto, por la obstrucción de las fosas nasales, pero sabía que no era cierto.

Había llegado la hora de morir. Sin quererlo se vio a sí misma como un pez color naranja de los que gustaban a Mathew. Un pez asfixiándose, fuera de la pecera…

Tal vez había comenzado a delirar. Cerró los ojos y rezó por sus dos hijos. No quería perderse la parte de su vida que había planificado acompañarlos y disfrutar de ellos. Agradeció todas las veces que se dijo a sí misma que era preciso conservar una buena relación con Harry por el bien de los chicos. Ahora él sería el responsable de los cuidados.

El aire cada vez entraba en menor cantidad en sus pulmones. Entonces imaginó a Alexis buscándola. Se dijo que no podía perder la esperanza.

—Ella me encontrará —afirmó y sintió sueño.

«Tal vez Alexis me encuentre durmiendo, y cuando me despierte, esté en casa con los chicos, en el jardín…».

Ese fue el último pensamiento de Anne antes de dormirse.

2

Sebastian se dio cuenta de que algo malo me pasaba. Corrió a mi encuentro, cerca del bus, y me lo preguntó. Quería decirle a alguien que lo que le pasaba a Anne era horrible, pero no podía hacerlo. Al menos, no a él. Le dije que me había mareado un poco allí adentro y me propuso que saliéramos.

Lo hicimos. Cuando estuvimos junto al auto que renté, me preguntó dónde me hospedaría en Rapid City. Martin debió decirle que los huéspedes de las Cabañas Wells podrían volver a sus casas a la mañana siguiente, y Sebastian concluyó que ya yo no haría nada en ese lugar. También debió prever que, hasta que no me excluyeran de la investigación, me quedaría en Dakota del Sur.

—No lo sé. En cualquier parte. Podría quedarme en las cabañas y viajar hasta acá, a Rapid City. No está lejos.

—¿Seguro de que estás bien? No me lo parece.

—Sí lo estoy —mentí.

Él sonrió. No me había creído.

—Debes comer algo y yo también. Vamos —dijo y sin

más comenzó a dar la vuelta al auto para tomar el puesto del conductor.

No pude o no quise negarme. Estaba pasándola muy mal por Anne, a punto de perder los nervios, pero la compañía de Sebastian me apartaba un poco del borde del abismo. Que él condujera también era un alivio.

Salimos del estacionamiento del Instituto Forense y comenzamos a dar vueltas por la ciudad. La mayoría de los lugares estaban cerrados. Ni siquiera me había fijado en la hora, pero, a todas luces, ya era tarde para cenar.

—Vamos al restaurante del hotel. Está abierto hasta la una de la mañana. Acabo de confirmarlo —dijo Sebastian.

Me quedé en silencio.

—Alexis, seguro habrás notado varias miradas que sin duda te han hecho concluir que me gustas. Pero no te he dicho de cenar en el hotel pensando en nada más. No todavía.

La sinceridad de Sebastian me parecía maravillosa.

—¿Por qué decidiste ir a distraer a la oficial del garaje forense? Quiero decir… ¿qué crees que necesitaba hacer en el bus? —le pregunté. Era algo que me había quedado dando vueltas en la cabeza.

—Lilian me ha pedido que te apoye. Puedes confiar en mí. De verdad. Me gustaría que lo hicieras. Soy de los buenos.

3

CENÉ CON SEBASTIAN. No volvimos a hablar del caso. En realidad, casi no hablamos de nada. Permanecimos en silencio, pero no fue un silencio incómodo.

En varias oportunidades, durante la cena me atacó un impulso de levantarme, tomar el auto y comenzar a dar vueltas por toda la ciudad, por la Badlands Loop hasta las Black Hills para buscar a Anne. Pero sabía que eso no serviría de nada. Debía concentrarme en resolver el caso de Bristol porque así daría con el asesino y con mi compañera. Los policías estaban haciendo su trabajo. En varios lugares del trayecto, entre las Cabañas Wells y Rapid City, vi patrullas. Pero nadie la buscaba dentro de un ataúd. Yo mantenía la sensación de que era allí donde estaba, pero no tenía idea de dónde buscar.

La verdad es que necesitaba comer. Me sentí un poco más animada después de hacerlo.

Sebastian y yo nos despedimos al terminar de cenar. Después tomé el auto y fui a las cabañas de vuelta. De camino llamé a Lilian.

—¿Qué le has dicho a Hausmann? —le pregunté apenas atendió la llamada.

—Es un buen chico. Lo conozco de siempre. A su familia. Mis padres y sus abuelos son los mejores amigos. Puedes confiar en él.

—¿Cómo lo sabes? Una cosa es que sea «un buen chico» y otra que pueda comprenderme.

—Estoy segura de que podrá. No le he dado detalles. Solo le he dicho que tienes una portentosa imaginación y que para resolver el caso del asesino serial de hace seis meses esa capacidad tuya fue clave. Es todo.

—Está bien —concedí.

—No podré ir para Rapid City. Además, me pareció mejor que, ya que Sebastian Hausmann iba de todas formas, supiese que yo esperaba que te apoyara. Fue lo único que hice.

—Te he dicho que está bien, Lilian —insistí.

—Además es un hombre muy interesante. Siempre lo ha sido. Mira que dedicarse a la fuerza pudiendo seguir los pasos de su padre en el mundo financiero. Eso es algo excepcional.

—Ya.

«Así que es hijo de un hombre rico», me dije.

—¿Has descubierto algo? —me preguntó.

—Sí. Algo horrendo. Creo que a Anne la han enterrado viva. Pienso que aún está viva, pero no sé cuánto tiempo más podrá estarlo…

—¡Maldito monstruo! ¡No puede ser!

—Lilian, quiero que me seas del todo sincera. ¿Cuánto tiempo puede aguantar una persona encerrada en un ataúd?

—Depende del tamaño de la caja y de si esta es hermética. Entre veinticuatro y treinta horas, a lo sumo, si no hay ninguna entrada de aire. Lo siento, Alexis…

—Sí. Yo también —le dije.

Me despedí de Lilian como pude antes de echarme a llorar. Detuve el auto en el arcén mientras me calmaba. Intenté recordar las visiones que había tenido dentro del bus y concentrarme en ellas, y no en mi presentimiento de que Anne se encontraba asfixiándose en un ataúd en ese momento.

Sobre Kenneth no había nada nuevo, pero sobre los otros pasajeros sí. En el asiento de Raymond Phelps, el chofer, había visto a un chico moribundo, en el de Linda Donner una mujer había sido atacada con un objeto, y en el caso de Mary Hasting… ¡la había visto muerta!

Eso último era lo más extraño. Y también que no viese nada sobre Arthur Donner.

¿Y si esa fuera la clave? ¿Y si no vi nada porque ha sabido nublar mi mente como lo hizo con la de ellos?

4

ESCRIBÍ A ROSSY. Le pedí una actualización de los informes de investigación de todos los pasajeros cada seis horas. Además, en el mensaje le alertaba que pusiese especial cuidado en la relación de Linda Donner con algún pariente mujer y mayor que hubiese muerto de manera violenta. Y en algún familiar de Raymond Phelps que hubiese muerto por algún problema de salud.

Lo de Mary Hasting pretendía comprobarlo yo misma apenas amaneciera. Aunque la sensación que me dejó la visión que tuve al tocar el asiento que ocupaba Mary era que esa chica estaba muerta, podría ser que se tratara de un accidente no mortal que ella hubiese padecido.

Era verdad que la mayoría de las veces mis visiones no eran claras y no significaban lo que creía que significaban en un primer momento. Solo luego, con cabos que voy atando a medida que pasa el tiempo y con mucho razonamiento, es cuando logro dar con algo en firme.

Me aferré a esa idea para creer que tal vez Anne no estuviese enterrada en realidad, que lo que vi fuese una idea en sentido figurado que tuviese que ver con algo que Anne había sentido en algún momento y que la hizo ir a las Cabañas Wells. Algo como cansarse de la rutina. Muchas personas asocian la rutina con una especie de asfixia, de ausencia de libertad. Anne no era de esas, pero todos podemos cambiar en algún momento.

Continué conduciendo hasta las Cabañas Wells. Cuando llegué, todo estaba en silencio. Subí el sendero y me detuve a medio camino de mi cabaña, junto a los árboles. Allí estaba Kenneth esperándome.

—Te he mentido. Conocí a Anne en Rapid City y los dos nos sentimos atraídos de inmediato. Fue algo magnético. Desde la muerte de Jim no había tenido deseos de conocer a nadie más. Estaba dormido, pero ella me sacó de ese estado. O pudo haberlo hecho si hubiese tenido tiempo de conocerla mejor. Ella me habló de ti. Me dijo que eras especial y su mejor amiga.

—¿Por qué no me lo dijiste antes? —reclamé.

—No lo sé. Quería convencerme de que haberla conocido no tenía nada que ver con lo que pasó en ese bus, pero no puedo. Sé que fue mi culpa, la muerte de ese hombre y la desaparición de Anne. Todo es mi culpa.

—¿A qué te refieres?

—Yo percibí que Paul Bristol estaba en algo, que había llegado aquí por alguna razón oculta. Sé cuándo alguien oculta cosas porque yo también lo he hecho. Creo que los Donner están implicados en lo que pasó en ese bus. Estoy seguro de haber visto la noche antes del asesinato a Paul Bristol entrar en el taller de Linda Donner. La escuché decir que nunca lo había visto antes de estos días, pero no es verdad. Había entre ellos un vínculo. Esa misma noche Bristol me dijo que algunas personas eran perfectas para entrar en las historias, y miraba a Linda Donner en ese momento. Ella salía de la cabaña de administración. Yo para entonces no sabía que él era un escritor.

—¿Qué clase de vínculo?

—No lo sé —se lamentó al tiempo en que movía la cabeza—. ¡Ojalá lo supiera! Pero era algo que intentaba ocultar. Como la relación que yo tenía con Jim.

—¿Dices que era algo sexual?

—No. No lo creo. Me he estado volviendo loco las últimas horas pensando en lo que pudo pasarle a Anne. Creo que de alguna manera caímos en una trampa en este lugar, en este viaje. Es como si cada uno estuviese entretenido en sus propios pensamientos, o pérdidas, y por eso resultó más fácil que entráramos en ese trance confuso, pero a la vez no soy capaz de sospechar de nadie en particular.

Miró hacia abajo.

—No le hice nada malo a Anne. Ni a Bristol. Soy un cobarde, pero no un asesino —dijo Kenneth.

Pronunció esas palabras a modo de despedida. Luego caminó hacia el bosque. No intenté seguirlo. Hablaría con él más tarde, ya que tuve la sensación de que quería perderse solo entre los árboles. Era como si quisiera que el bosque se lo tragara y no volver.

La suya era una presencia cargada de belleza trágica.

5

VOLVÍ A LA CABAÑA. Tenía que pensar en Anne y en lo que la había movido a ir a ese lugar. Ahora sabía que la razón tenía nombre y apellido: Kenneth Ryder.

Experimentaba una ambivalencia dentro de mí; quería a Anne y me alegraba que se hubiese sentido tan a gusto con Ryder, pero ahora me llenaba de rabia que se hubiese sentido atraída por él. En ese momento podía estar muerta, y yo debía aceptarlo.

Además, mis capacidades de percepción estaban peor que nunca. Tendía a creer en Kenneth y en Mary, y a sospechar de los Donner, pero eran solo presunciones sin fundamento. En ese momento, comprendí las visiones que tuve de cada uno de los pasajeros desde una nueva perspectiva gracias a lo que me acababa de exponer el propio Kenneth: cada uno estaba entretenido en sus propios deseos o pérdidas. Eso había dicho. Y podía ser justo eso lo que había debilitado sus estados de consciencia, y había permitido que alguno de ellos —el culpable— controlase las percepciones de la realidad que todos los demás tuvieron durante esas horas en el bus.

Raymond pensaba en un familiar querido, Kenneth en la pérdida de su amante y en una nueva oportunidad con Anne. Mary quizás pensaba en algún accidente escolar que padeció. Yo podría haberla visto muerta por el hecho de que ella es una persona temerosa, y andar por la vida con miedo, lo he pensado muchas veces, es como estar muerto. Pero la única visión que mostraba una agresión era la que había tenido cuando toqué el asiento que ocupó Linda Donner.

¿Quién era la anciana que había visto? ¿Linda habría asesinado antes a alguien y Paul Bristol lo sabría?

En ese momento, una voz dentro de mí me hizo ver que podía estar equivocada desde el razonamiento inicial.

¿Y si la víctima desde el principio era Anne y fue Paul Bristol quien lo descubrió porque el bloqueo mental en él no fue como en los otros? ¿Y si nada tiene que ver su muerte con sus investigaciones para la novela ni con su labor como Bambi Black?

Podría Anne ser el centro de todo...

Me dije que debía descansar, al menos intentarlo, porque no estaba llegando a nada con mis reflexiones. Al amanecer expondría todas mis cartas, diría por qué estaba allí y tal vez haciendo eso me fuera mejor.

Me acosté en la cama sin desvestirme. Cerré los ojos. Lloré por Anne. Una parte de mí quería salir a dar vueltas por todo el estado, pero otra parte me frenaba. Tenía que encontrar al asesino para poder dar con Anne. No servía de nada conducir hasta el amanecer y extenuarme.

Dormí un poco, pero una llamada al celular me despertó. Era Rossy. Me dijo algo que lo cambiaría todo.

6

—La hijastra de Paul Bristol lo acusa de haber abusado de ella.

Eso me dijo Rossy y me quedé sin palabras. Hasta ahora habíamos visto a Bristol solo como una víctima de asesinato y también como un escritor incómodo. Pero no como un pedófilo.

—La niña vive en Londres. Nunca había dicho nada, hasta ahora. Las redes están que revientan.

—Algunas de las víctimas solo hablan cuando el abusador ya no puede hacer más daño, cuando su dominio y control se han acabado. Así que el «asesino del bus» ha acabado con un monstruo… —dije a Rossy, aunque en gran parte me lo decía a mí misma.

—¿Pero cómo pudo saberlo si ninguno de los pasajeros había conocido antes a Bristol? Ni siquiera usaba su propio nombre y la niña nunca había revelado el abuso a nadie hasta ahora —se cuestionó Rossy, y era muy cierto lo que decía.

—No lo sé —dije, respondí, pero sí lo sabía.

El asesino, o la asesina, podría presentar cosas como lo

hacía yo y, al conocer a Bristol, pudo saber que era un pedófilo. Podía tener la misma capacidad que yo, incluso mayor. Eso explicaría lo errática que me sentía desde que llegué a las cabañas. Podía ser que el asesino estuviese bloqueando también mi capacidad para que yo no descubriera la suya.

—Tal vez conocía el caso de su abuso en Londres de alguna manera que aún no hemos detectado —me atreví a decirle a Rossy—. Será una especie de vengador —completé.

—¿Cómo seguimos? —me preguntó.

—Investiga muertes accidentales y homicidios de abusadores de niños en este estado y en toda la región.

—De acuerdo.

—Gracias por llamarme, Rossy —le dije despidiéndome, pero cuando iba a cortar, ella me detuvo.

—Alexis, he llorado tanto por Anne… Aquí dicen que lo más seguro es que esté muerta. Eso lo escuché en los pasillos. Hasta Juliet, que tú sabes que no congenia mucho conmigo, ha intentado consolarme. ¡Esto es horrible! Por favor, haz lo que puedas. Juliet dice que si alguien puede encontrarla, eres tú.

Le respondí que lo estaba haciendo y me despedí. Me extrañó la afirmación de parte de Juliet Rice. Ella no era muy comunicativa conmigo. Uno no sabe lo que realmente piensa la gente hasta que se genera una crisis. Esa fue la explicación que me di del comentario de Juliet en ese momento.

7

AMANECIÓ. Era el tercer día sin saber de Anne. No había soñado nada y mi mente continuaba en blanco.

Recogí mis cosas y me marché de la cabaña. Me convencí de que estar allí no contribuía para nada y que, más bien, me debilitaba. Comencé a odiar ese bosque, ese paisaje. Miraba la tierra e imaginaba que parte de ese lecho cubría a Anne, y que jamás la encontraríamos.

Cuando llegué al estacionamiento, guardé mi equipaje en el auto. En ese momento vi a Mary Hasting que estaba haciendo lo propio con el suyo, guardaba un morral gris en un Ford Fiesta. Me vio y se acercó a mí.

—Por fin podremos irnos. Ya nos han levantado la restricción. Todos lo haremos. Menos Linda y Arthur porque esto es su casa —dijo.

Noté que al pronunciar la palabra «esto» cambió la expresión de sus ojos. Era como si odiara estar allí.

—¿Tuviste algún accidente en la escuela, de niña? —le pregunté cambiando el tema.

Se extrañó, pero me respondió sin chistar.

—Sí. No sabía que ustedes averiguaban tanto sobre la vida de las personas, hasta lo que ha sucedido hace mucho tiempo. Estaba haciendo *balconing* y caí de una cornisa. Casi muero —respondió.

Parecía que lo reviviese en ese momento por la expresión de dolor que mostró su rostro.

—De hecho, los doctores no se explican cómo sobreviví. Casualmente, estaba contándole esto a alguien en el bus, pero no recuerdo a quién. Puede que ese sea el último recuerdo claro que tengo de las conversaciones que sostuve allí ahora que lo pienso. Tal vez se lo decía a Linda. Sí, pudo ser a ella. Anne estaba hablando con Kenneth, Bristol no lo hacía con nadie. Arthur miraba hacia adelante, así que debió ser con Linda.

—¿Linda no te contó nada sobre un familiar de ella que muriera a raíz de un ataque violento? —pregunté.

—¿Durante el trayecto? No. Ella solo hablaba de lo maravilloso que era el cementerio de los lakotas y de la energía de las montañas, que podía ser benigna o maligna según el caso.

—¿Según cuál caso?

—Linda tiene una forma particular de entender las creencias de los pueblos indios. Creo que nadie la comprende muy bien. Ni siquiera Arthur. Como te dije antes, para mí ese matrimonio no es…, como decirlo, verdadero. Creo que es bastante falso. Como si él estuviese cubriendo un papel estando con ella.

Recordé que Mary Hasting me había dicho que la primera esposa de Arthur había muerto. Me extrañó que Rossy no hubiese hallado nada al respecto.

—¿Cómo murió la primera esposa de Arthur? ¿Lo sabes?

—No. Creo que estaba enferma de algo muy grave.

En ese momento escuchamos el grito de una mujer.

Provenía del lado derecho del estacionamiento, donde se encontraba la cabaña taller de Linda Donner.

Corrí hacia allá, dejando atrás a Mary. En pocos minutos llegué al taller. Había una mujer tendida junto al portal. Su vestido estaba manchado de rojo a la altura del pecho.

8

CUANDO ME ACERQUÉ, me di cuenta de que se trataba de Linda Donner, pero no estaba herida. La mancha del vestido parecía pintura roja.

Arthur Donner y Raymond Phelps aparecieron. Después lo hizo Mary Hasting. Tomé el pulso a Linda y comprobé que estaba respirando. Todos sus signos vitales estaban bien. Parecía víctima de un desmayo. La levantamos entre varios y la condujimos a una silla que Mary sacó de la cabaña.

Linda comenzó a volver en sí. Phelps buscó una botella de agua del interior del taller. Linda abrió por completo los ojos. Parecía confundida, pero yo no estaba segura de que no fuera una actuación.

—Cariño, ¿qué te ha pasado? ¿Por qué has gritado? —preguntó Arthur.

—He tenido una revelación al pintar. Ha sido algo muy extraño. He mirado la hora en mi celular, y luego volví a mirarla y habían transcurrido tres horas, pero para mí fueron solo minutos. ¿Lo ven? El doctor Jamie Balfe me ha explicado que eso se llama «paréntesis», y es un estado de consciencia diferente. Entonces vi el lienzo y había algo que no recordaba haber creado, por eso grité y salí. Creo que luego me desmayé de la impresión.

—Está bien, Linda, ahora debes descansar... —comenzó a decir Arthur, pero no pudo continuar porque su esposa lo interrumpió.

—Durante ese paréntesis estuve dibujando, creando. No dejé de pintar y allí está el cuadro. Ustedes mismos pueden verlo. No he sido yo, solo he sido un instrumento. ¡Era lo que deseaba! Transmitir el mensaje de estas montañas y hoy lo he hecho por fin y de manera pura, transparente.

Raymond Phelps la escuchaba como si creyera sus palabras. Mary Hasting lo hacía con una mirada de sospecha y Arthur con un brillo de rabia.

—Está bien, Linda. ¡Ya está bien! —repitió su esposo enfatizando la última palabra.

Raymond se dirigió adentro y yo fui tras él.

Sobre un caballete que estaba junto a una mesa repleta de pinturas al óleo, paletas y recipientes con pinceles había un lienzo cuyo acabado parecía reciente. Brillaba. Eran formas en tonos negros y rojos, también algunas de color marfil.

Me acerqué más. Raymond se quedó detenido más lejos. Parecía temerle al lienzo. Miré su cara y vi terror en ella. Además, me pareció que reconoció algo en esa pintura.

Me di cuenta de que lo dibujado eran huesos amontonados en un agujero cavado en la tierra.

«Cavado en la tierra...», me repetí.

Entonces dos frases aparecieron durante un segundo en mi cabeza: «desgracia eterna» y «soledad futura».

¿Qué diablos significaba eso?

9

LEVANTÉ la mano para tocar el lienzo, pero Raymond corrió hacia mí y me detuvo. Contuvo mi brazo y apretó fuerte.

—No lo haga —dijo en tono resuelto.

Después me soltó. Mientras mantuvo contacto conmigo, volví a ver el péndulo. Sentí una gran tristeza, experimenté desolación, pero a la vez el inicio de algo, como una nueva esperanza en él. El péndulo de la visión ahora no contenía agua. Su aguja oscilante funcionaba a la perfección; pude ver su movimiento a un lado y a otro.

—Usted ahora cree en algo nuevo —afirmé, un poco para él y un poco para mí.

—Sí —respondió y parpadeó.

—Dígame, Raymond, ¿ha sufrido la muerte de un ser querido hace poco tiempo?

—No veo qué tiene eso que ver con lo que ha venido a investigar —me respondió con la voz quebrada, más triste que molesto.

Luego hizo silencio. Pensé que se echaría a llorar, pero no lo hizo.

—Mi hijo. Murió joven. Yo morí con él, pero no del todo. Estoy medio vivo y medio muerto. Algunas personas también están dentro de uno, y cuando nos dejan, queda muy profundo un sufrimiento eterno.

Mientras hablaba, él miraba los huesos del lienzo. Aproveché su silencio para voltear y mirar también el cuadro. De repente vi salir de entre los huesos dibujados gusanos blancos. Esos animales estaban en mi mente y eran similares a los que había visto antes en la cuenca del ojo de la muñeca, pero se veían muy reales ahora sobre el lienzo.

—Yo no creía en nada, pero la muerte de mi Mark, los terribles dolores que padeció en su enfermedad, me condujeron a buscar consuelo. Lo conseguí en la creencia de la energía que permanece en este lugar gracias a los espíritus de las personas amadas. Consumido por los delirios producto de la medicación durante las últimas horas de vida, Mark hablaba de los niños muertos de estas colinas. Decía que todos se habían juntado en el vientre de las colinas para vengarse de quienes les hacían daño. Se refería a los hijos de Black Hills, a los descarriados que deben retomar el rumbo y vengarse. ¡Él podía verlos! Hablaba de un cementerio de niños pequeños, de bebés con esqueletos mínimos, de infantes que nadie había querido. Eso luego me lo explicó Linda…

Comprendí que Raymond se había convertido en un creyente de las ideas de Linda, y de tal vez algunos más en la zona, porque eso le había brindado un sentido a la muerte de su hijo. Ahora era un ferviente seguidor de «el brillo de la rabia».

—Linda me ha explicado que los niños son como los bisontes reunidos en la vía de Badlands Loop, esperando el día de la venganza colectiva. Uno de ellos, de los dueños de esos huesos, es el bebé de 1920, el niño al que su madre sacudió hasta la muerte. ¿Cómo se le puede hacer eso a un niño?

Ahora todos los niños que han muerto sin culpa quieren vengarse y esos son sus huesos, Linda los ha visto y los ha dibujado.

Sin quererlo, recordé a la hijastra de Bristol y se me ocurrió que el móvil que tuvo el asesino para matarlo fue justo ese, la venganza.

—¿Usted pensaba en su hijo mientras conducía el bus? —le pregunté.

—Siempre pienso en él cuando veo algo bonito. Pero luego vuelvo a escuchar el sonido del péndulo que había en casa y que a él le gustaba tanto. Fue el único sonido que quedó en la habitación cuando Mark dejó de respirar. Yo me quedé solo con ese maldito péndulo y el silencio de mi hijo muerto. No he podido tirarlo. Aún está en casa. A veces uno no puede desentenderse de las cosas.

Después de decir eso, me miró y la forma de hacerlo me pareció una acusación.

—¿Por qué no nos ha dicho que es policía? —preguntó.

Fue cuando noté que sus ropas estaban sucias, como si hubiese estado cavando.

10

—Aquí no hay secretos. Ayer la han visto con uno de los policías de los que dicen que son jefes. ¿Qué haría con él si no fuera policía? Desde que la vi supe que nos estaba engañando.

—Investigo la desaparición de un miembro de mi equipo. Eso es lo que hago aquí —respondí.

—De la mujer. Nunca pensé que esa mujer, Anne Ashton, fuese culpable de nada. Creo que ha sido una víctima también.

—¿Una víctima de quién, señor Phelps?

—Del mal que hay en este lugar. Dios nos ha abandonado ya hace tiempo. Hemos quedado a merced del mal. Solo somos los abandonados de Dios.

Giró sobre sus talones y comenzó a caminar hacia afuera. En ese momento, algo golpeó el techo de la cabaña. Fue un sonido seco y fuerte, pero Raymond ni se inmutó. Continuó su camino.

Escuché que afuera Arthur hablaba.

—Ha sido una rama del árbol, que se ha desprendido. Phelps, te he dicho que atendieras esto. ¿Es que no puedo confiar en ti en algo tan elemental? —reclamó Arthur Donner.

Era un hombre egoísta con apariencia de amabilidad incapaz de ver más allá de sus narices. Así me pareció en ese momento. Podía ser el asesino que usaba el sufrimiento de cada uno de los pasajeros para nublarles el cerebro. Lo que habían padecido en el bus quizás no fuera, como decía Balfe, un estado de conciencia alterna, sino un estado de infelicidad que los hizo débiles. Era la desgracia eterna y la soledad futura que todos llevaban consigo, menos Arthur Donner. Si era así, no había asesinado a Bristol porque fuera un pedófilo, sino porque tal vez descubrió algo sobre él.

«¿Y si los Donner habían asesinado a la primera esposa de Arthur y Bristol lo supo?», después de hacerme esa pregunta me harté de mi extravío, de esas cabañas, de los cuadros de Linda y de los cuentos de la rabia de las montañas. Salí del taller y me detuve en medio de todos ellos. Kenneth ya se había unido al grupo.

—Soy detective del Departamento de Policía. Esta es mi identificación —dije, mostrándola— y ahora mismo ustedes van a decirme qué diablos sucedió en ese bus y cuánto conocía cada uno a Paul Bristol. Les aseguró que tengo menos paciencia y bastante más interés que los agentes que hasta ahora los han interrogado.

ARTHUR ME MIRÓ CON ODIO. Linda lanzó una exclamación. Mary y Kenneth no hicieron ningún gesto.

—Paul Bristol visitó el taller de Linda y estuvo hablando con ella toda la madrugada del 6 de enero —dijo Arthur—. Ella no dijo nada a la policía, hasta ahora.

Que su propio esposo la delatara fue algo sorprendente.

—¿Pero qué te propones, Arthur? —gritó Raymond.

—Déjalo, Ray. Está bien. Puede que ya sea hora de que sepan la verdad. De todas formas, no tengo nada que ocultar. Yo conocí por medio de correos electrónicos a Paul Bristol. Me dijo que era un escritor bajo seudónimo y que estaba interesado en escribir una historia contextualizada en estas tierras. Me pareció una idea horrenda, pero imposible de evitar. Así que comencé mi cruzada para hacerle ver lo místico de este lugar y también lo peligroso. Le hablé de la intensidad del resentimiento y de la sed de venganza de los inocentes, de los niños cuyos espíritus existen como unidad en Black Hills. Por eso sostuve una larga charla con él aquella noche.

—Es lo que digo. ¿Por qué ocultarlo si ni tú ni yo hemos hecho nada? —dijo Arthur.

—Porque tal vez la Policía no quiera verlo así —respondió Linda con aspereza.

En ese momento pensé que lo de antes, el desmayo, había sido fingido. Se le veía muy enérgica. No estaba segura de cuánto creía Linda lo que decía y cuánto era un papel que representaba con alguna intención.

—¿Alguien más ha dejado de decir algo en los interrogatorios?

—Estoy seguro de que Kenneth Ryder sostuvo una conversación con Bristol y me temo que no lo dijo —afirmó Raymond.

—¿Cómo sabe lo que dije y lo que no? —preguntó Kenneth.

—Los vi hablando en el sendero que conduce a las cabañas número tres y cuatro.

—Sí. Es cierto. Paul Bristol me preguntaba por el accidente de Jim Seward, mi amigo. Se debió enterar porque era escritor y andaba detrás de cualquier historia para retorcerla y sacar provecho. Le dije que es lo que sucedió y eso fue todo —respondió Kenneth.

—En relación con lo que sucedió en el bus, he leído sus declaraciones, las conozco. ¿Hay algo más que alguno de ustedes haya recordado de esas horas entre que salieron de aquí y volvieron?

Todos hicieron silencio. Había descubierto cosas, pero eran insuficientes. Ahora estaba otra vez en el punto inicial, o casi. Y Anne debía estar muerta a esas horas.

12

—EN EL TRASCURSO del día volveremos a vernos. Los visitaré en sus casas. Ahora mismo iré al Departamento de Homicidios. Linda Donner, debe usted presentarse ahí lo más pronto que pueda. Ha omitido información y debe hacer una nueva declaración —le dije.

—Está bien —respondió—. Iré en cuanto me estabilice y me asegure de que no sufriré otro desmayo. Además, debo terminar algunas cosas en mi taller —dijo.

Me dirigí al auto. Tenía un plan por primera vez desde que estaba allí. Salí de las Cabañas Wells y busqué un lugar donde ocultar el auto. Bajé y caminé por el bosque, bordeando la propiedad de los Donner. Ese debía ser el camino que tomaba Kenneth Ryder cuando corría. Llegué al lugar donde había visto a Sebastian. Ya para ese momento Mary, Kenneth y Raymond debían haberse ido. Al menos los dos primeros. Raymond era un fiel servidor de Linda. Tal vez se hubiese quedado allí.

Con cuidado de que no me vieran, vigilé. Escuché voces. Eran las de un hombre y una mujer. Me oculté y los vi pasar.

A Linda y a Arthur. Se internaron en el bosque y tomaron dirección hacia el oeste, como acercándose a la carretera. Los seguí.

Después de varios minutos de camino, me di cuenta de que estábamos cerca de la mina abandonada que antes había visitado. No tenía idea de que por el bosque colindante con las Cabañas Wells podría también llegarse hasta allí.

Ellos entraron en la mina. Aguardé y les seguí los pasos. Llegaron a un lugar de la mina y se detuvieron. Desenterraron algo, parecía una caja. Linda sacó una muñeca vieja, parecida a la que de pequeña me causaba pavor, la misma que había visto en mis visiones. Extrajo unas fotografías. Luego volvió a enterrar la caja y la muñeca. Se dieron la vuelta y comenzaron a desandar sus pasos.

Tenía que apurarme en salir porque si no me verían. Logré dejar atrás la mina y me oculté tras unos árboles. Cuando ellos salieron, me di cuenta de que Arthur miró en la dirección en la que yo me hallaba. Por un segundo pensé que me había visto. Pero luego continuó caminando junto a Linda.

Esperé varios minutos para estar segura de que habían abandonado el lugar. Entré en la mina y busqué el sitio en que habían desenterrado algo.

Escarbé lo más rápido que pude. Encontré una caja de madera con la muñeca adentro y varios huesos.

No tenía duda de que se trataba de restos humanos.

13

—¿Qué significa esto? —pregunté a Linda.

Le mostraba las fotos de los huesos que ella había desenterrado y vuelto a enterrar.

Nos hallábamos en la sala de interrogatorios del Departamento de Homicidios de Rapid City. También estaba presente el jefe Martin. En cuanto descubrí la osamenta lo llamé. Él se encargó de la detención para interrogar a Linda y a Arthur, y de enviar un equipo a donde yo me encontraba, en la boca de la mina.

Arthur aguardaba afuera. La idea era interrogarlos por separado. El jefe Martin había cambiado su actitud conmigo y ahora me permitió llevar la voz cantante en la entrevista.

—Son hallazgos producto de mis investigaciones de años. Datan del tiempo de los siux y son restos sagrados. Han servido de inspiración para mis obras y me pertenecen en este momento porque soy yo quien ha dado con ellos —respondió altanera.

—¿Dónde los encontró? —pregunté.

—En varios lugares. Me han sido revelados y confiados —dijo ella.

—Tendrá que decirnos los sitios exactos —intervino Martin.

—Sabe que vamos a hacer un estudio especializado en esa osamenta, y si encontramos algo que la relacione con los sucesos acontecidos hace tres días que produjeron el asesinato de Bristol y la desaparición de Anne Ashton, va a estar en problemas. Así que es mejor que lo que tenga que decirnos lo haga en este momento —le dije. Noté un brillo de miedo en su mirada.

—No tengo nada que ver con lo que pasó allí —respondió con voz temblorosa—. ¿Por qué no dejan entrar a Arthur? —preguntó.

—A él lo interrogaremos después, y sin la presencia de usted —respondí.

Había algo que le daba miedo y no comprendía qué era.

—Ustedes no pueden hacer eso. ¿Dónde está mi abogado? ¡Quiero llamar a mi abogado!

—Puede usted llamar a su abogado —dijo Martin.

En ese momento se abrió la puerta y apareció Jamie Balfe. Linda lo miró y sus hombros y sus brazos temblaron.

—Al doctor Balfe ya lo conoce. Dejaremos que llame a su abogado y mientras tanto el doctor quisiera tener una conversación con usted —dijo Martin.

Acto seguido, me miró en señal de que debíamos irnos de la sala. Obedecí y una vez afuera, en el corredor del departamento, le pregunté a Martin la razón de la presencia de Balfe en ese lugar. Me dijo que deseaba conocer el estado mental de Linda Donner. Tenía sentido, así que no le dije nada más sobre eso.

—¿Cuándo estarán los resultados de los huesos? Los

análisis para comprobar si pertenecen a… —dije, pero Martin me interrumpió.

—Un especialista que hemos traído de la universidad está trabajando en eso. Como comprenderá, esto escapa un poco a lo que estamos acostumbrados por aquí. Mire, justo allí viene él. Se trata del profesor y doctor McGee. Puede que ya tenga algo para nosotros. Vamos a mi oficina —dijo Martin.

Al cabo de pocos minutos estábamos frente al escritorio del jefe Martin, McGee, un hombre pequeño que olía a picadura de pipa, de más de 60 años y con mirada esquiva, y yo.

—¿Y bien? —preguntó el jefe de policía.

—Son resultados preliminares —dijo McGee—, pero creo que los exámenes concienzudos no harán más que confirmar lo que ahora sé. Los restos tienen más de cien años, pero no mucho más. No tienen nada que ver con osamentas actuales. Se trata de osamentas de niños pequeños. Mi opinión es que se han profanado algunas tumbas de niños para reunir esos huesos.

—¿Solo cien años? ¿Es imposible que tengan más tiempo? —intervine—. La implicada afirma que los obtuvo de cementerios siux en las montañas.

—Es absurdo. ¡Imposible! Está mintiendo o está engañada. Podría llenarlos de detalles técnicos, pero no creo que sea necesario. Me juego mi reputación a que la osamenta no tiene más de ciento veinte años.

—Pues gracias, doctor. Siga trabajando. No queremos entretenerlo más —dijo Martin y se levantó.

Despidió a McGee y luego volvió conmigo.

—¿Qué piensa ahora? —me preguntó.

—Que Linda y Arthur son unos farsantes que buscan lucrarse de todo esto. Pero no sé si también han sido capaces de asesinar por el hecho de que Bristol los descubriera.

14

———

—Creo lo mismo. Antes le dije que esta mujer tiene unas ideas extrañas y, por mí, todo lo que apunte a que ni siquiera es fe lo que la mueve está bien —afirmó Martin.

—Creo que los Donner han construido una narrativa misteriosa para impulsar las obras de arte de Linda y muy posiblemente en algún momento pensarán hacer público el supuesto «hallazgo» de la mina para dar un impulso a sus proyectos particulares de turismo, incluida la venta de las obras de Donner. En síntesis, son unos farsantes que utilizan las leyendas populares con fines egoístas —afirmé.

—Tiene sentido. Vamos a ver si Balfe coincide.

—¿Lo conoce desde hace mucho? ¿Al doctor Balfe? —pregunté intentando no parecer muy interesada.

—¡De toda la vida! Es excelente. Por cierto, ¿ha visto a Sebastian Hausmann? Está aquí por Asuntos Internos, por la situación de Anne Ashton. No hemos dado aún con su paradero y ya la prensa ha colado que está relacionada con el asesinato de Bristol. Lo lamento... a su compañera se la ha tragado la tierra.

—Yo también lo lamento —respondí.

Me di cuenta de algo en el comentario de Martin y me alarmé:

—¿Por qué cuando le pregunté por Balfe usted me habló de Sebastian Hausmann?

—¿En serio? No lo sé… ¡Ahhh!, debe ser porque hoy los vi desayunando juntos en una cafetería de la ciudad. Una que tiene una decoración interesante…

15

Siempre tuve la idea de que en la oscuridad había gente poderosa, de sustantivos recursos económicos. Recordé que Lilian me dijo que el padre de Sebastian era rico. Era posible que él formara parte de ella. Pero también podría ser que hubiese buscado hablar con Jamie Balfe porque sabía que era el psiquiatra asesor contratado por el Departamento de Homicidios de Rapid City. Me despedí de Martin y fui a buscar a Sebastian. Tenía que aclarar su papel en todo esto.

Llegué al hotel Palladium. Allí había cenado con él la noche anterior. Se trataba de un pequeño hotel de trabajo que todavía contaba con las llaves corrientes, no magnéticas, y yo en un momento de la noche me fijé en el número de su habitación, que estaba grabado en un gran llavero que llevaba consigo. Era la treinta y uno. Quería tomarlo por sorpresa, interrogarlo.

Subí a la tercera planta, busqué la habitación y toqué. Él abrió enseguida.

—Hola, Carter. Sabes sorprenderme.

Esas fueron sus palabras. Tenía el pelo mojado. Olía a loción para después de afeitar.

—¿Qué hacías hablando con Balfe hace unas horas? —le pregunté.

Abrió un poco más los ojos y luego sonrió. Apoyó el lado derecho de su cara en el borde la puerta y me miró, intentando escrutarme.

—¿Me estás siguiendo, Carter? Nadie me ha seguido en mucho tiempo. ¿Quieres pasar? —me preguntó.

Yo todavía estaba de pie, fuera de la habitación. Él terminó de abrir la puerta sin esperar mi respuesta y se quedó de pie a un lado. Pude ver empañado un espejo dispuesto en una pared cercana a la puerta y a lo que, suponía, era el baño de la habitación. Sabía por qué me había fijado en eso. Sebastian me recordaba cosas que ya había dado por muertas, que habían dejado de interesarme. Como también le pasó a Anne…

Entré en la habitación. Él cerró la puerta y me pidió que avanzara. Caminamos el pequeño pasillo que terminaba en una salita desde donde podía verse la cama revuelta. El olor del lugar era agradable.

Él estaba detrás de mí. Presentía su mirada. Me pregunté a mí misma qué estaba haciendo allí.

—Tienes suerte. Hay dos cápsulas de café aún. ¿Quieres?

—Sí. Está bien —alcancé a responder.

Él apartó una toalla de una silla y me invitó a sentarme. Se puso a preparar el café y yo me senté.

—Sé que Balfe es el asesor de Martin para estos casos. Quería hacerme una idea de lo que opina sobre los pasajeros. Lo que ha pasado aquí es muy extraño. Y siempre que pasan cosas extrañas, tú estás metida, Carter. Así que voy a empezar a pensar que la extraña eres tú…

—¿Qué impresión te produce ese hombre? —interrumpí.

Apretó el botón de la cafetera y se quedó pensando, mirando la taza.

—No me gusta. No sé por qué.

Cogió la taza cargada y me la ofreció. Rocé su mano al agarrarla. En ese instante me vi a mí misma en una cama —no la de ese hotel—, haciendo el amor con él.

—¿Estás bien, Carter? —me preguntó.

No le respondí porque una idea se me cruzó por la mente: «el contacto de Kenneth y Anne, el saludo y la caricia en la espalda que vio Mary Hasting. Esas ganas de que alguien nos encuentre y nos descubra tal como somos. Esa energía erótica es poderosa y tal vez con un roce logre saber algo de Anne. Di la mano a Kenneth y la estrechó, pero tal vez acarició a Anne con la mano izquierda…».

—¿Quieres acompañarme a hacer una visita? —le pregunté a Sebastian.

16

Llegamos a casa de Kenneth Ryder. Vivía en un apartamento tipo estudio, con decoración industrial, donde primaba el color blanco y los objetos de aluminio.

No se sorprendió al verme. Puedo decir que creo que hasta casi me esperaba. Nos recibió y nos pidió que nos sentáramos en la sala. Una vez que estuvimos acomodados comenzó a hablar.

—¿Han sabido algo de Anne? —preguntó.

—No —le respondí.

No sabía si Kenneth era culpable o inocente, lo que sí sabía era que lo que movía a Anne era poderoso y que allí, en la materia que la animaba, podía tal vez conocer algo sobre su estado actual. Después de todo, fue por Kenneth que ella se había descarrilado, encandilado… Lo comprendía porque el pelo mojado, el espejo empañado y la fragancia que desprendía la piel de Sebastian en su habitación cayeron sobre mí como un alud de estímulos y me hicieron verlo. Para encontrar a Anne tenía que ponerme en su lugar, comprender que su móvil había sido una persona de carne y hueso.

—He leído unas noticias. Algunos lanzan la idea de que ella es la culpable, la asesina de Bristol —dijo Kenneth.

—La prensa amarillista no descansa nunca —respondió Sebastian.

Pensé que era «ahora o nunca» y hablé.

—Kenneth, necesito que recuerde cuando saludó a Anne el día de los sucesos. Haga memoria e intente no omitir ningún detalle. Entiendo que usted estaba fuera del bus cuando ella llegó. Quiero que haga conmigo lo mismo que hizo con ella en ese instante. Vamos a reconstruir ese momento, por favor.

Sebastian se mostró impávido. Debía estar pensando que estaba loca, pero no lo demostró. Kenneth se levantó y me pidió que lo hiciera yo también.

Me besó la mejilla y luego puso su mano izquierda en mi espalda. Fue entonces cuando mi mente se puso en negro y de repente comenzaron a aparecer unos puntos brillantes. Primero pensé que se trataba del firmamento, en donde podían verse las estrellas, pero luego me di cuenta de que no era así. Alguien estaba encerrado en medio de esa oscuridad. Tuve la convicción de que era Anne. Estaba metida en una caja, en un ataúd, pero este tenía agujeros por donde entraba el oxígeno. Por eso me había sentido asfixiada en las cabañas y en el bus, pero nunca había visto a Anne muerta.

Me reafirmé en que ella estaba encerrada, pero comprendí que aún podía estar viva.

17

La confianza que me dio la idea de que Anne estaba viva logró un cambio total en mi actitud. Expliqué a Sebastian lo que había pasado con Linda y Arthur Donner de camino a las Cabañas Wells. Creía que allí, en alguna parte, estaba enterrada Anne.

Los Donner aún estaban en el departamento, no detenidos, pero sí bajo interrogatorio. Había llegado al acuerdo con Martin de que los mantuviera allí todo el tiempo posible, así que no pasarían las próximas horas en las cabañas.

—Quiero quedarme sola en ese lugar. Quiero pensar en todo lo que encierra este caso —le dije a Sebastian.

—No sé qué te propones encontrar allí. Ni tampoco entiendo la reconstrucción del saludo de Kenneth Ryder y Anne Ashton, pero es verdad que desde que salimos de casa de ese sujeto estás más animada. Cada uno con sus métodos, ¿verdad? —me preguntó.

—Así es —respondí y sonreí.

—No sabía que supieras hacerlo. Sonreír. Te ves un poco más…

—¿Normal? —interrumpí.

—No era lo que iba a decir —afirmó.

Acordé con Sebastian que me dejara en las cabañas un tiempo, se llevara el auto y luego volviera a buscarme. Él, mientras tanto, iría al Departamento de Homicidios e intentaría una estrategia para acallar a los medios de comunicación en cuanto al tema de Anne. Lo más probable era que tuviesen que dar algunas declaraciones.

Me resultaba una ventaja tener de mi lado a alguien que se movía como pez en el agua en la estructura burocrática interestatal de los Departamentos de Homicidios. Había sido una buena idea de Lilian que contara con Sebastian. Me preguntaba qué tanto lo conocería en realidad.

Él me dejó en las Cabañas Wells y partió. Me detuve en el estacionamiento y caminé hacia la cabaña administrativa. En el lugar no parecía haber nadie. Anduve por los alrededores de todas las cabañas y del taller. No encontré nada anormal. La puerta del taller estaba cerrada. Subí el sendero que conducía a las cabañas tres y cuatro y en medio del camino me dirigí hacia el bosque otra vez. Hasta allí había llegado cuando experimenté la asfixia después de conocer a Balfe. Me detuve en el que creí era el mismo sitio, donde también vi a Sebastian y después a Kenneth Ryder.

Me quedé mirando la rama de un árbol que sobresalía de entre las otras. Ella hacía un movimiento oscilante. Sentí como una picadura de un insecto en mi brazo derecho y luego los labios resecos. No dejaba de mirar la rama que se mecía. De repente, me pareció todo más oscuro y mi celular vibró dentro de mi chaqueta. Lo saqué y miré la pantalla. Era un número desconocido. Atendí. La voz me sonaba conocida, pero era incapaz de identificarla. La rama continuaba moviéndose.

—Si quieres ver con vida a Anne Ashton, debes venir a las cascadas Badlands Loop sola y en este momento.

PARTE IV

1

ANNE DESPERTÓ. Sintió unas gotas de agua que caían cerca de su boca. Se dio cuenta de que no había muerto porque el ataúd tenía unos agujeros que parecían estar conectados a conductos que le administraban oxígeno. Y las gotas de agua que caían cerca de su boca le indicaban que la persona que la encerró la quería mantener hidratada.

«¿Es que el plan es que siga viva aquí enterrada mucho tiempo?», pensó.

Esa idea le causó un espanto mayor al que había experimentado antes. Podría permanecer con vida en ese lugar muchas semanas. Y morir poco a poco sin volver a ver la luz ni el cielo.

Las lágrimas brotaron y esta vez las sintió frías. Pensó que tendría fiebre. El olor a orina comenzaba a hacerse insoportable. Se decía que si vomitaba sería peor. Aunque tal vez pudiera ahogarse con su propio vómito. Solo era cuestión de proponérselo y no flaquear…

Había perdido la noción del tiempo. No sabía si habían

pasado horas, días o semanas. Se dijo que pronto perdería la cordura y que antes de hacerlo preferiría estar muerta.

El chorrito de agua que caía cerca de su boca comenzó a producirse con mayor fuerza. Eso la hizo pensar diferente. De repente intentó conseguir fortaleza y no perder la última esperanza. Eso ya le había pasado antes, transitar desde la más profunda desesperanza a un estado en el cual se negaba a rendirse por completo.

Pidió a Dios, otra vez, que Alexis la encontrara.

—¡Solo quiero ver crecer a mis hijos! —dijo en voz alta—. Todavía son pequeños —completó bajando el tono.

Tocó su frente para saber si en realidad tenía fiebre. Un frío extraño se había apoderado de sus huesos. Abrió la boca y tomó agua. Se sintió mejor. Tomó todo lo que pudo hasta que el líquido dejó de caer. Se dio cuenta de que la mejor forma de calmarse era respirar el poco aire que llegaba y pensar en sus dos hijos. Recordar los buenos momentos que había pasado con ellos. Tenía tiempo para hacerlo…

Uno de los recuerdos que más venía a su mente era estar con ellos en el parque Herman Hills. Allí se sentía segura y puede que un poco reconciliada con la especie humana. Por su trabajo solía ver muchos horrores, pero allí en ese parque pasaba horas con los chicos y era feliz. En ese lugar también les había enseñado a montar bicicleta entre los senderos que acompañaban el cauce del río Arkansas.

Siempre se dijo —desde muy joven— que en los parques ella sabía diferenciar cuando una mujer o un hombre disfrutaban su papel de madre o padre, y que cuando esto resultaba una carga también le era fácil notarlo. Esa rabia contenida, ese malestar que percibía en algunos padres le molestaba mucho, y se sentía genial cuando veía lo contrario, la armonía entre madres, padres y chicos. La alegría compartida por una pequeña victoria, como haber comprado la última rosquilla del carrito de comida que se ponía en la entrada sur cercana al río y disfrutarla bajo el entramado de sol y sombra que daban los árboles tumbados en el césped, era de lo mejor que le había pasado en la vida. Si tuviese que escoger un solo momento de toda su vida, sería ese.

Se dijo que no quería morir pensando en el monstruo que la había encerrado, sino en su familia.

Levantó la mano y tocó la pared del ataúd al tiempo en que pasaba la lengua por sus labios resecos. Ni siquiera el agua había podido calmarlos.

Se le ocurrió que podría con sus ropas tapar los agujeros que la proveían de oxígeno y en poco tiempo terminaría todo. Dejaría esa opción como un último recurso.

Anne se aferraba a los buenos recuerdos para no desesperarse. Se decía que solo tenía que controlarse y recordar mientras Alexis llegaba por ella…

2

DESPERTÉ. Tenía una pala en mi mano derecha. Estaba llena de sangre. A menos de un metro de mí yacía el cuerpo de una chica. No podía ver su cara porque el pelo revuelto y húmedo la cubría. Su cabeza mostraba una gran herida.

—¡Suelte el arma! ¡Arrodíllese y suelte el arma! ¡Levante las manos!

La voz de un hombre decía eso. Sabía que él estaba detrás de mí. También comencé a escuchar otras voces y exclamaciones.

—¡La asesinó!

—¿Por qué?

—¡Está loca!

Otra vez el hombre me ordenaba.

—Suelte la pala y arrodíllese. Estoy apuntándola con mi arma.

Hice lo que él me pedía. Me arrodillé con las manos arriba. No sabía qué había pasado. Lo último que recordaba era la llamada a mi teléfono y la rama del árbol moviéndose. Yo estaba en el bosque contiguo a las Cabañas Wells. Y era de mañana, a lo sumo a mediodía. Sebastian me dejó allí. Eso era lo que recordaba. Y una voz en el teléfono que me decía que si quería ver con vida a Anne debía dirigirme a un lugar junto a las cascadas.

En ese momento escuché el ruido del agua caer. Era potente y parecía envolverlo todo. El policía me empujó hacia el suelo y me esposó. Luego me levantó.

—¿Quién es ella? ¿Está muerta? —pregunté.

—Debo leerle sus derechos.

Comenzó a repetir de memoria varias frases. Yo intentaba entender lo que había pasado conmigo. No podía ser que yo hubiese matado a esa mujer. Necesitaba saber quién era ella.

—¿Quién es ella? —volví a preguntar.

El policía no me respondió.

3

—Se llama Kimberly Sherman. Tenía antecedentes por maltrato de menores. No era una buena persona. Creo que desde que usted fue detenida ha estado preguntando la identidad de la víctima —dijo el jefe Gabriel Martin.

Nos encontrábamos en la sala de interrogatorios, uno sentado frente al otro. En medio de nosotros había una mesa. Martin ordenó que me quitaran las esposas. La misma agente policial que me había recibido cuando me condujeron hasta el Departamento de Homicidios de Rapid City hizo lo que él ordenó. Martin también le dijo que abandonara la sala y la mujer lo hizo.

—Puede decirme, agente Carter, ¿qué ha pasado aquí con usted?

—No lo sé —respondí.

Miré mis manos y mi ropa manchadas de sangre. Le conté lo que recordaba.

—¿Entonces usted también ha sufrido una «laguna»… o un «paréntesis»? —me preguntó. No supe si sus palabras estaban llenas de sorpresa o de ironía.

—Eso parece. Estoy tan sorprendida como usted. Es la primera vez que me pasa algo así. Yo estaba en la propiedad de los Donner y luego me vi con la pala en la mano frente a esa mujer. En medio de eso no sé qué pasó ni lo que hice. El único hecho cierto es que recibí una llamada. Pueden comprobarlo en mi celular.

—¿Lo lleva consigo? ¿Dónde está? ¿Lo sabe?

—No.

—¿Y su arma?

—Tampoco lo sé.

—Ya estamos otra vez frente a cosas «inexplicables». Primero su compañera que se pierde, después usted y ahora esto. No vamos a poder detener a la prensa y esto va a ser un circo.

—Alguien me llamó y eso debió ser minutos después de que Sebastian Hausmann me dejara en las Cabañas Wells algo después de mediodía. ¿A esa hora todavía los Donner estaban detenidos? —pregunté.

—Sí. Ellos estuvieron aquí todo el día de ayer. Hoy en la mañana los hemos dejado marcharse. Sebastian volvió a este departamento a las cuatro de la tarde informando que usted también había desaparecido. Fue a buscarla en las Cabañas Wells, tal como habían quedado, y no la encontró por ninguna parte. Desde ese momento la hemos estado buscando, pero ya sabe que las extensiones de tierra de esta parte del estado son enormes y difíciles, con todos estos bosques. No fue sino hasta la noche cuando supimos de usted, y de la peor forma posible. Ahora, por si no lo sabe, son las tres de la madrugada.

Hizo una pausa y me miró como si yo fuera una criatura extraña.

—¿Cómo es posible que no recuerde nada? —insistió.

—Así como fue posible con los pasajeros del bus. Es lo mismo. Si usted creyó lo del «paréntesis» de Balfe antes, ¿por qué no lo cree ahora? ¿O es que de verdad piensa que soy una asesina o que tengo problemas mentales como pensó en su momento de Anne?

—No, detective Carter. Ahora no me va a convencer con su lógica. Lo hizo antes y la apoyé. Hasta defendí a su compañera, su nombre, quiero decir, ante mis jefes e hice todo lo posible para que no saliera a la luz las sospechas sobre ella, pero ahora está usted en una situación mucho más comprometida. Tengo muchos testigos que la vieron con la pala en la mano y de frente a la víctima. Nunca tuvimos algo así de Ashton.

—¿Dónde está Sebastian Hausmann?

—No lo sé.

—¿Qué va a hacer conmigo? —pregunté.

En ese momento llamaron a la puerta.

—Pase adelante, doctor Balfe… —dijo al tiempo en que se levantaba de la silla.

4

—El doctor se encargará de realizar un análisis preliminar de su estado mental —dijo Martin con voz impersonal.

La puerta se abrió y entró Jamie Balfe. Sé que vestía de un tono claro, muy claro. Lo vi más alto que la primera vez, pero no inspeccioné tanto su cuerpo porque no pude dejar de mirar su cara y sus ojos. Tenía una horrenda expresión de satisfacción. Entonces, en mi cabeza, apareció la imagen del monstruo oscuro del cuadro de Linda Donner. Me mostraba sus ojos rojos y junto con él estaban muchos perros de pelaje negro ladrando y gruñendo, mostrando sus colmillos y derramando espuma en las fauces.

Sin pensar me aferré a la madera de la mesa que tenía adelante. Apoyé mis dos manos sobre ella. Entonces la visión desapareció.

—Jamie, gracias por venir tan pronto —dijo Martin.

—Faltaba más. Sabes que puedes contar conmigo. Ahora conversaré con la agente Alexis a solas.

—Claro —respondió Martin y salió de la habitación.

Balfe se quedó mirándome. Se acercó y se sentó en la silla

que Martin había ocupado. Inspiró y puso sus dos manos sobre la mesa, donde yo también había puesto las mías. Las aparté.

—Estoy aquí para encontrar al asesino de Bristol porque deseamos conversar con él. La única persona que sabe sobre mi plan eres tú, así que es tiempo de dejar de disimular.

—Estoy de acuerdo —le dije, retándolo.

Se quedó en silencio unos segundos más.

—Ahora mismo me niego a conversar con usted. Podrá estar aquí el tiempo que quiera. Sabe que conozco mis derechos y también sabe que conozco la organización a la que pertenece. Es insólito que se le haya ocurrido siquiera la idea de que podría cruzar con usted más de dos palabras —le dije.

—¿Ni siquiera si haciéndolo logramos dar juntos con el asesino y con su amiga más rápido?

—No voy a cooperar con usted jamás.

—Entiendo —respondió.

Se levantó, dio la vuelta a la silla y luego la movió para aproximarla al borde de la mesa.

Me sonrió. Luego se llevó la mano izquierda al cuello y se lo tocó con el dedo índice. Lo movió dibujando una línea imaginaria en sentido horizontal, como indicándome que cortarían mi cuello.

Entonces yo sonreí. No iba a demostrarle el miedo que me causaba. Caminó hacia la salida y antes de irse se volteó. Me habló sin mover los labios. Fue como una comunicación telepática. Me decía que ahora yo no sería un obstáculo porque era considerada una asesina, tal como mi amiga Anne.

En ese momento pensé que la oscuridad al fin había ganado.

Balfe sacó algo de su bolsillo, era una moneda. Ya sabía que una de sus caras mostraba al hombre de Vitruvio, como aquella que sacaron del vientre de Devin muerto. Ese objeto era la señal inequívoca de que se pertenecía a la oscuridad y de que ella había asesinado a mi novio.

La puerta se abrió antes de que Balfe la abriera. Lo hizo de golpe, y apareció Sebastian.

—Agente Hausmann, no pensé verlo de nuevo tan pronto —dijo Balfe.

5

———

—Yo tampoco a usted —respondió Sebastian.

—Pues ya me iba. La agente se niega a hablar conmigo. Puede que usted corra mejor suerte.

—Creo que es muy posible que así sea —le respondió Sebastian con un tono de desconfianza que Jamie Balfe debió haber captado.

Había desagrado en la cara de Balfe. Estaba claro que pensó que Sebastian estaba en mi contra y ahora se había dado cuenta de que contaba con un gran aliado para probar que yo no había asesinado a esa mujer. Lo más seguro era que él pretendiera dar la opinión contraria y convencer a Martin, que lo tenía en alta estima.

Balfe se fue y Sebastian se acercó a mí.

—¿Por qué demonios te has negado a hablar con Balfe? Te dije que me caía mal, pero de allí a…

—Lo que hago no tiene que ver contigo —le dije aunque después me arrepentí de haber sido tan dura.

Él levantó las cejas y continuó hablando como si nada hubiese pasado.

—¿Entonces por qué?

—No me parece un hombre confiable. Creo que tiene que ver con otras muertes pasadas. No tengo pruebas, pero pienso que pertenece a una corporación criminal.

—¿De qué estás hablando, Alexis?

Era la primera vez que me llamaba por mi nombre.

—No lo entenderías, o puede que sí, pero ahora debemos pensar en otra cosa.

—Por ejemplo, en sacarte de aquí.

—¿Cómo ves mi situación? —pregunté.

—Martin está haciendo lo posible por apoyarte aunque no lo creas, pero está en una situación comprometida, sobre todo porque no es capaz de explicar por qué tenías esa pala en tus manos. A tu favor juega el hecho de que nadie te vio cometer el asesinato. En tu contra juega que cree mucho en el criterio de Balfe y que no has querido hablar con él. Me he comunicado con Charlize Tonny y ella lo ha hecho con Martin. Ambos buscan cómo librarte de esto.

—Alguien me llamó y es lo último que recuerdo. Alguien me dijo que si quería ver con vida a Anne debía ir a las cascadas.

—Es decir, que alguien te puso una trampa y luego logró que tuvieses una laguna mental y de alguna manera te condujo a las cascadas. ¿Es eso?

—Sí. Lo mismo que les sucedió a los pasajeros del bus. A todos, menos a uno. Uno de ellos es el asesino, ha estado cerca desde el principio; y lo he conocido y he hablado con él o ella. Eso presiento. No sé quién es. Podrían ser Linda junto con Arthur, que es su cómplice natural. Creo que no tienen escrúpulos y que son unos farsantes. Sobre todo, Linda, que es capaz de justificar cualquier cosa… pero Martin dice que ellos estaban aquí cuando yo recibí esa llamada y que no hicieron ninguna.

—¿Y el empleado? Raymond Phelps

—Sí. Creo que podría hacer cualquier cosa por Linda. Ella lo tiene como atrapado.

—¿Mary Hasting? No sabemos qué estaba haciendo. Pudo llamarte también.

—Sí. Pudo hacerlo —le respondí—. Tengo que salir de aquí. Creo que Anne está viva, que está enterrada pero viva.

—¿Cómo sabes eso? —me interrumpió.

Lo ignoré.

—Y también creo que el asesino se dedica a cazar abusadores de niños, maltratadores. Esta mujer, Kimberly, también lo era, al igual que Paul Bristol. Tal vez estemos frente a un vengador de inocentes, delante de alguien que ha sido víctima de maltratos y que ha sufrido un detonante por la muerte de alguien o por otro cambio trascendental en su vida.

—Por lo que sé, podrías estar describiendo al menos a dos de los cinco pasajeros: a Raymond Phelps y a Kenneth Ryder —razonó Sebastian.

Le di la razón y me quedé pensando en que el poder mental del asesino era excepcional.

—Y si fue víctima de una crianza de abusos psicológicos que le hicieron desarrollar una capacidad mental única, tal vez es una persona con un coeficiente intelectual elevado y una gran capacidad para soportar algún tipo de tortura. Tal vez lo encerraran en un ataúd agujereado para que no muriera y se escapara de la vida de maltratos que le tenían reservada… —dije en voz alta.

6

―Eso que dices es muy retorcido ―expresó Sebastian
―. Lo de no acabar con la vida de alguien para continuar
haciéndole daño durante mucho tiempo.

―Algunos niños son víctimas de ese tipo de maltrato. Tú
lo sabes ―respondí.

―Sí. Es cierto. Es que lo dijiste de una manera… quiero
decir, hubo algo en tu forma de hablar que me hizo sentir más
de cerca la perspectiva de la víctima.

Era un hombre perceptivo. Por eso había comprendido mi
comentario. Sin embargo, no podría imaginar que toda mi
vida había estado llena de una enorme capacidad empática
que muchas veces me generaba confusión y ansiedad, pero
que también me había permitido hacer justicia, y resolver
casos de asesinatos terribles.

Era esa la misma capacidad que me hacía pensar ahora
que Anne estaba viva, encerrada en una caja, en un ataúd y
bajo tierra, pero que habían agujereado la madera y de
alguna forma garantizaron que ella pudiera respirar. Estaba
viva, pero ―si lo que pensaba era cierto― debía encontrarse

atravesando uno de los peores momentos de su existencia, encerrada y sin saber cuánto más se prolongaría esa horrible situación.

La angustia de no encontrar a Anne me había afectado mucho y nunca las visiones en mi cabeza me habían dejado tan confusa. Solo esperaba que mi compañera resistiera un poco más hasta que yo pudiera encontrarla.

—Quisiera dar con algo que me permita encontrar a Anne. ¡Tengo que salir de aquí! —le dije a Sebastian, alzando un poco la voz.

En ese momento apareció el jefe Martin en el umbral de la puerta.

—Está de suerte, Alexis Carter. Hay testigos que han revelado algo que le exime de sospechas. No digo que comprendamos por qué tenía esa pala entre las manos, y por qué estaba allí.

Hizo una pausa y luego me miró reflexivo.

—Ya este endemoniado caso está rebasando mis límites y los de arriba empiezan a mostrarse nerviosos…

—¿A qué testigos se refiere? —pregunté.

Él cerró la puerta, inspiró profundo y caminó hacia la mesa en donde yo me hallaba sentada junto con Sebastian. Se acomodó el nudo de la corbata y luego se sentó.

Llevaba una carpeta en las manos. La abrió y la desplegó sobre la mesa. Nos mostró las hojas de un reporte policial. Las tomé y leí. Mientras tanto, al mismo tiempo en que yo leía el informe del testigo, se aclaró la voz y comenzó a explicarse. Sobre todo, se dirigía a Sebastian.

—A la hora del crimen la detective Carter se hallaba a la vista de varias personas que miraban las estrellas en una de las llanuras de Badlands Loop. La recuerdan porque sostuvo un comportamiento extraño; se mantuvo de pie mirando el cielo durante al menos treinta minutos y sin moverse. Pensaron que estaba drogada o llevaba a cabo una especie de rito. El hecho es que unos chicos la vieron llegar y dirigirse al lugar donde luego hallamos a la víctima.

Terminé de leer la declaración y comencé a prestarle más atención a Martin. Él continuaba hablando.

—De repente la agente Carter se detuvo y cambió de dirección, y fue cuando se encaminó hacia el centro del descampado y permaneció allí detenida. Entonces uno de los chicos escuchó un sonido proveniente de donde estaba la víctima, como de algo que se desplomara, y creyó ver a alguien correr después de eso. Esto sucedió a la hora del crimen según el analista forense. El chico no le dio importancia en ese momento. Luego Alexis se dirigió hacia el lugar del crimen y uno de ellos la siguió. La vio llegar y tomar la pala y luego quedarse de piedra con la pala en las manos, pero ya Kimberly Sherman estaba muerta.

—¿Por qué no habían dicho nada de eso antes? —preguntó Sebastian.

—Parece que uno de ellos cuenta con antecedentes. Además, estaban consumiendo drogas. Algunas personas toman siempre las peores decisiones y al principio prefieren callar antes que dar parte a la Policía. Luego, uno de ellos fue más sensato y convenció al otro de que contaran todo lo que habían visto. Es muy posible que, cuando la siguieron, lo hicieran pensando que ella tenía alguna droga que compartir con ellos —terminó de decir Martin, mirándome.

—Porque ellos pensaban que yo estaba bajo el efecto de algunas sustancias debido a mi comportamiento… —completé pensativa.

—Así es. Ha tenido suerte, después de todo —sentenció Martin.

Se quedó callado unos segundos y después volvió a hablarme.

—Ahora la pregunta es qué le pasó en esos momentos. Entiendo que no ha querido hablar con el doctor Balfe. Eso no puedo explicármelo, Alexis. Le tenía por una persona sensata, y permitir que él le evaluara hubiese sido lo mejor para usted en un momento como este.

—Su departamento cuenta con sus propios asesores, Martin. No la puedes culpar por eso —intervino Sebastian.

—Está bien. Puede irse, Alexis. Manténgame al tanto de lo que haga. He dicho a Linda y a Arthur Donner que esperen una nueva visita suya. Terminaron siendo unos fraudes. Ella confesó que había profanado las tumbas de unos niños en un cementerio que está medio destruido, junto al viejo hospital que ahora está abandonado. El de San Lázaro. Son unos ambiciosos e inescrupulosos, pero tal vez no sean unos asesinos. En realidad, no tenemos nada en contra de ellos que los conecte con la muerte de Bristol. Algunas veces he pensado que todos en ese bus son unos asesinos y que lo de la laguna mental son solo patrañas.

Una vez que Martin dijo eso abandonó la sala. Me quedé pensando y Sebastian me miró, interrogante.

—Es como si el plan fuese que me dirigiera más temprano al lugar del crimen, pero algo hizo que me desviara. ¿Lo comprendes? Como si se tratara de una lucha mental entre el asesino y yo —completé.

—Y como si tú hubieses podido desencadenar un paréntesis de defensa dentro del paréntesis que el asesino había pretendido crear para ti. ¿Algo así? —preguntó.

—Exacto —confirmé.

Ahora recuerdo que llegué al lugar donde estaban unas personas admirando el cielo y me dirigí al lugar que se me había indicado que fuera, pero no recuerdo nada más. Sin embargo, los planes del asesino se vieron truncados por ese desvío que hice cuando esos chicos me vieron dudar y luego caminar hacia el descampado. Algo dentro de mi cabeza me permitió defenderme, tal como has dicho.

—Te pasó algo similar a lo de los pasajeros porque no recuerdas lo que pasó en esos minutos, pero sí lograste retrasar un poco el momento en el que debías estar presente en la escena, que era el plan del asesino. ¿Es eso lo que dices?

—Sí. El asesino debía estar allí esperándome. Tal vez fue a quien vieron correr los chicos.

—Eso deja fuera de sospecha a los Donner. Estaban aquí en ese momento. Los interrogaban.

—Sí. A menos que contaran con un cómplice. Alguien que encontrara un nuevo sentido en la vida después de una pérdida dolorosa. Alguien cegado por un tipo de resplandor —dije, pensando en el sueño que tuve en el avión mientras volaba a Dakota del Sur.

—Te refieres a su empleado, Raymond Phelps.

—Sí. Ese hombre está entregado por completo a las nuevas creencias que le ha transmitido Linda Donner. Tal vez ella no crea nada de lo que dice, pero lo que yo vi en el taller de Donner cuando Raymond me acompañaba fue a un hombre que admiraba sus obras. A una persona que todavía sufría demasiado por la muerte de su hijo y que encontraba en el asunto de los niños de Black Hills y en la explicación del «mal existente en estas montañas» alguna forma de consuelo. Conozco personas así. Traté pacientes que hicieron lo mismo que Phelps ante una pérdida dolorosa, y se convirtieron en verdaderos fanáticos creyentes de la noche a la mañana.

—¿Tanto como para matar por ello? —preguntó Sebastian al tiempo en que movió el brazo y descansó la mano sobre la mesa que estaba junto a mí.

—Es posible, si siente que alguien puede interrumpir el nuevo equilibrio que ha conseguido. Esto es, por ejemplo, si Raymond pensara que Bristol podría afectar a los Donner de alguna manera. Pero también está lo de los abusos… Quiero decir que Bristol había abusado de su hijastra y Kimberly Sherman era una maltratadora, así que esto nos lleva a pensar que el asesino va en contra de personas que tienen un historial de violencia con niños. Bristol no sería la víctima por el peligro que podría significar para los Donner, sino por lo que hizo antes. A menos que sea parte de las creencias del asesino, que es como una especie de encarnación de la venganza de los niños de Black Hills, como una materialización de la ira de las montañas. Sí, esto podría ser… —le dije y dejé la frase inconclusa.

—Está bien. ¿Qué quieres hacer ahora? —me preguntó, haciéndose cargo de mis reflexiones, pero necesitando que concretáramos acciones.

—Hablemos con todos. Confirmemos sus coartadas a la hora del crimen de Kimberly Sherman. Pediré a Rossy, de mi equipo de apoyo en Wichita, que investigue si Sherman conocía a alguno de los pasajeros. De alguna manera el asesino se enteró de lo que ella hizo.

Sebastian se quedó mirándome. Sentí ganas de agradecerle su compañía y su apoyo. Sabía que no comprendía mucho de lo que hacía, pero también sabía que era de las personas que no necesitan entenderlo todo para tomar partido y avanzar en las investigaciones.

—Vámonos de aquí —le respondí.

No podía contarle lo que conocía de la oscuridad, ni que Balfe era miembro de ella, pero en ese momento confiaba en Sebastian, y su compañía me era necesaria para continuar la búsqueda de Anne y no desesperarme.

Esperaba que esos agujeros que imaginaba había en donde fuera que estuviese encerrada se mantuvieran ventilándola hasta que pudiera dar con ella. No podía imaginar su muerte y era lo que más temía: que de repente llegara a mi cabeza la visión de mi amiga muerta.

Anne no era solo mi compañera. Era mi mejor amiga. Sentí ganas de llorar, pero luché para no hacerlo. Me levanté y Sebastian también lo hizo. Caminamos unos pasos en dirección a la puerta del salón. Él abrió y yo salí. Balfe en ese momento se encontraba al final del corredor. Tenía la mano puesta en el picaporte de la puerta de salida de la comisaría. Me miró y sonrió. Un escalofrío recorrió mi espalda.

La voz de Sebastian detrás de mí, muy cerca de mi oído, fue como un bálsamo.

—Deberías descansar, Carter.

7

ERAN las cuatro de la mañana. Nos dirigimos al hotel Palladium. Decidí hospedarme en ese lugar.

Tomé una habitación y dormí un par de horas. Luego me di un baño rápido para despejarme e ingerí todo el contenido de las dos botellas de agua que había en el minibar. También abrí una lata de Coca-Cola Light y la tomé por completo, casi sin parar. Se había desatado en mí una sed bestial y sentía los labios resecos. Era algo que ningún líquido parecía calmar.

Miré mi reflejo en el espejo de la habitación cuando estuve lista. Estaba demacrada, parecía enferma y débil, pero me dije que no podía detenerme.

En ese momento recibí una llamada al celular, que había dejado sobre la cama. Me alarmó. Tenía miedo de que fuera para decirme que habían dado con el cadáver de Anne.

—Dime, Rossy —dije al atender.

—Hola. Voy con el reporte. De Kimberly Sherman no tengo mucho. Es decir, sabemos que era una mujer violenta cuyo marido interpuso una orden de alejamiento y se quedó con los chicos, pero no encuentro nada que la relacione con algún pasajero del bus ni con Bristol. Tampoco con Anne.

Cuando pronunció su nombre se le quebró la voz. Después tomó aire y continuó.

—De los otros temas que me preguntaste te confirmo que la esposa de Arthur Donner no murió de manera violenta. Sufrió un infarto producto de su mal estado de salud. Tenía cáncer en las vías respiratorias. Nadie sospechó nada raro. Tampoco hay en la vida de Linda Donner ninguna mujer de edad avanzada que haya muerto por un ataque ni de una lesión craneal. La madre de Linda continúa viva en un residencia de ancianos y, aunque da muchos problemas por su temperamento, no ha tenido ninguna dificultad ni nadie la ha golpeado. Lo del amigo de Kenneth Ryder quedó determinado como un accidente. Me refiero a la muerte de Jim Seward. Nadie sospechó nada extraño y mira que he escarbado. Y lo del suceso de Mary Hasting ocurrió una noche después de una fiesta en la escuela San Patrick, donde estudió. Pero quien cayó fue su joven amiga, no ella, y Mary Hasting fue testigo del hecho. Fue un intento de suicidio.

—¿Estás segura de eso? —pregunté.

—Sí. He leído la noticia. No fue gran cosa, porque la chica se salvó casi de milagro. Se llama Philipa Crittendon.

No entendía por qué Mary me había mentido. Tampoco por qué yo le había visto a ella —en la imagen de mi mente— tendida sobre la grava gris junto al rododendro y no a su amiga.

—¿Qué más has averiguado?

—Nada más. Podemos decir que esta es la última actualización que tengo para ti. Sigo buscando y en cuanto cuente con algo más te llamo. ¿No sabemos de Anne…?

—Lo siento, Rossy. Nada aún —respondí en voz más baja.

Quería decirle que pensaba que estaba viva, pero no

podría hacerlo sin entrar en detalles de lo que era capaz de percibir. Sin embargo, me arriesgué un poco a darle alguna información que la tranquilizara.

—Yo creo que sigue con vida. Si la intención era matarla como a Bristol, lo hubiese hecho de una vez en la vía de Badlands Loop. No podemos rendirnos ahora.

—¡Es verdad! Eso me dice Juliet. Me ha apoyado mucho estos días.

—Y tiene razón —expresé.

Luego hice una nueva petición a Rossy.

—Quiero que investigues antecedentes de maltrato o de consultas psiquiátricas en Rapid City y sus alrededores que tengan que ver con torturas psicológicas, encierros en lugares cerrados a niños. Sé que las historias clínicas son confidenciales, pero tal vez puedas encontrar algo en medios amarillistas que hayan expuesto cosas de esta naturaleza. No sé, Rossy… pon tu imaginación a funcionar, busca en las redes sociales, en páginas de aficionados de crímenes reales, en lo que sea. A veces creo que el sistema legal deja muchos vacíos cuando las denuncias no prosperan. No sé si me explico.

—Sí lo haces. Investigaré lo que pides. En cuanto a lo otro que me solicitaste, sobre los abusadores de niños, he hecho una lista de quienes residen en Dakota del Sur. Te la enviaré a tu *e-mail*. Ningún otro ha muerto de manera sospechosa en esa zona. Solo Kimberly Sherman. Y un sujeto llamado Travis Engler, que fue acusado de violación de un niño, de su hijastro. Está muerto porque la esposa lo mató. Ella está presa en la Penitenciaria Estatal de Dakota del Sur, en Sioux Falls. Engler murió producto de las lesiones derivadas de un ataque. Los otros sujetos que cuentan con antecedentes de esta naturaleza, o están en la cárcel, o están en libertad porque ya pagaron la pena. Son los que te he listado. Otra cosa, hemos comprobado que Paul Bristol no se comunicó con nadie más al llegar al país. Tomó el vuelo a Dakota del Sur y se dirigió a las Cabañas Wells de inmediato. Sabemos por el rastreo de su teléfono que no salió de las cabañas. Al menos, si lo hizo, no llevó el celular con él.

—Está bien, Rossy. Gracias —le dije y corté.

En pocos segundos recibí un *e-mail* y lo abrí en el teléfono. Era de Rossy. Se trataba de la noticia sobre Philipa Critten-don. Podía verse una imagen borrosa de una chica que lucía triste.

En ese momento tocaron a mi puerta. Dejé el teléfono sobre la cama y fui a abrirla.

8

—HOLA —le dije a Sebastian.

—¿Has descansado? —me preguntó.

Se hallaba con la espalda apoyada en la pared del corredor justo frente a mi puerta. Creo que esa separación que él mismo impuso entre la puerta de mi habitación y su cuerpo obedecía a un mecanismo de defensa que se había diseñado para no estar cerca de mí, para no verse tentado a entrar. Sabía que había tensión sexual entre nosotros y tal vez no quería correr el riesgo de que yo también quisiese dejarlo pasar.

—Dos horas. Pero me siento mejor —respondí—. De todas formas es imposible que duerma más.

—Lo sé. Hay que encontrar a Anne Ashton.

Por la forma como dijo esas últimas palabras comprendí que, una vez que la encontráramos, entonces intentaría cambiar su actitud conmigo. Al menos eso era lo que él se debía decir a sí mismo. Posponía cualquier proposición de intimidad que pudiera hacerme hasta después de encontrar a mi compañera. Reconozco que me complació haber creado ese plan de acción en un hombre como él. Ser su objeto de deseo pospuesto me agradaba.

—¿Nos vamos? —completó.

Asentí, busqué mi celular y la llave de la habitación y salí junto con él. Caminamos en dirección al ascensor y en ese momento escuchamos el batir de una puerta tras nosotros. Se trataba de la de salida de emergencia que distaba a unos diez metros de donde estábamos. No tenía nada de particular que esa puerta se hubiese abierto. Podía tratarse de un trabajador del hotel que había salido por allí y que antes no vimos. Sin embargo, me quedé pensando unos segundos. Luego reanudé el paso cuando Sebastian lo hizo. Tomamos el ascensor y llegamos al vestíbulo del hotel. Cuando salimos de la cabina, nos dimos cuenta de que Linda y Arthur Donner acababan de entrar en el edificio. Miraron a un lado y a otro y luego, cuando nos reconocieron, caminaron hacia nosotros.

Linda lucía nerviosa, y Arthur, impasible. Más bien, lo vi como disfrutando. Se notaba complacido, pero intentaba disimularlo.

—Necesitamos hablar con ustedes lo antes posible —dijo ella con la voz quebrada cuando estuvo cerca de mí.

Miraba a un lado y a otro. Luego posó su atención en unas personas que se hallaban en el vestíbulo, caminando hacia la salida.

En ese momento comenzó a escucharse el tema de la película *Titanic*. Céline Dion entonaba «mi corazón seguirá latiendo» cuando Arthur rio de una forma que me pareció algo violenta. Linda lo miró con asombro.

—No pasa nada, Linda. Es que me causa gracia, es la canción de la película del mayor naufragio, al menos del más famoso. Es un poco lo que nos sucede a nosotros por tu culpa. ¿Podemos sentarnos, por favor? —preguntó Arthur señalando un juego de sofá y butacas que se hallaban a nuestra derecha.

Era el más apartado de la recepción del hotel y del módulo de la conserjería. A todas luces, buscaba intimidad.

—¡Alguien quiere matarnos! —exclamó Linda Donner.

Por primera vez pensé que ella decía una verdad. Esa era la auténtica Linda Donner, una mujer temerosa. Todo lo que había visto antes en ella, esa persona de espiritualidad ancestral conectada con la «esencia de las colinas», había sido un burdo disfraz.

9

—¿Por qué alguien querría matarla? —le pregunté.

—Es mejor que nos sentemos para que mi esposa pueda explicar mejor la interesante teoría que nos ha traído hasta aquí —insistió Arthur Donner.

Caminamos hasta llegar al lugar que él había señalado y nos sentamos. Sebastian y yo lo hicimos en las butacas frente al sofá. Un poco más atrás de este se encontraba un ventanal que mostraba el jardín interno del hotel. Linda y Arthur se sentaron en el sofá frente a nosotros y también al área del pasillo que comunicaba con el vestíbulo.

Aguardamos a que ellos tomaran la iniciativa en la conversación.

—Verán, la gente muchas veces necesita de una atmósfera particular para valorar las cosas que de otra manera pasarían desapercibidas. Mis obras tienen alto valor estético y sobre todo reflexivo, resumen muy bien esta época que vivimos, pero los habitantes de esta zona del país no tienen mucho criterio. Así que ideamos un mecanismo de promoción, una especie de publicidad muy creativa…

—Que consistía, básicamente, en engañar a la gente con el asunto de los huesos de los niños y de las creencias ancestrales de los siux. ¿No es así? —interrumpí.

—Usted dice «engañar», pero nosotros decimos «estimular» —respondió Linda con una entonación un tanto hostil.

—¿Quién quiere matarla? —preguntó Sebastian, intentando concretar el punto de su mayor interés.

—Todo esto es como un efecto espiritual de búmeran, y me pasa por los pensamientos asesinos que he tenido…

—¿De qué está hablando, Linda? —pregunté, elevando un poco la voz.

Esa mujer me exasperaba. No solo era una farsante que había sido capaz de profanar tumbas, sino que ahora volvía a plantar cara aludiendo al plano espiritual.

—Los que tuve con ella. Ha llegado el momento de exponer los pensamientos que me mostraron la rabia que había en mí. Muchas veces quise asesinar a mi madre tomando una escultura negra que había en el salón, y que ella amaba, porque mi madre no supo mostrarme el camino adecuado para ser yo misma. Uno se autoengaña y se dice que tener pensamientos asesinos, que cometer crímenes imaginarios, no es ningún delito, pero esa intención criminal queda grabada en alguna parte de tu registro de vida y te perseguirá siempre. Esa es la sombra que enturbia mi vida y lo que no me deja avanzar ni triunfar. Esa rabia contenida que acumulé por mi madre.

—Esas son tonterías, Linda —reclamó Arthur—. Pensé que te había quedado claro que desear matar a alguien no es lo mismo que hacerlo. También creí que esas ideas de la rabia solo habían servido para el contenido de tus obras, y no que en realidad las creyeras aunque fuera de una forma mínima. Eso de que estamos en los días en que la energía rabiosa de las colinas está por erupcionar lo decías para vender las obras de los huesos enterrados. ¿O no? —preguntó Arthur con una entonación mucho más aguda que la que acostumbraba a emplear. Era como si en ese momento, de manera genuina, estuviese asombrado de las explicaciones que acababa de exponer su mujer.

Ella hizo silencio. Él la miraba como si en ese instante hubiese dejado de reconocerla. Después Arthur continuó hablando.

—Lo que Linda nunca entendió es que mentir de esta manera tiene sus consecuencias, porque la gente que ha sido engañada experimenta una especie de traición. Todo ha sido por su afán de lograr el éxito más rápido de lo debido. También por eso invertimos todo lo que teníamos en las cabañas… —manifestó Arthur. De repente lo vi más viejo, más cansado.

—No es momento de recriminarnos nada —se quejó Linda.

—¿Quién se ha sentido traicionado? —pregunté.

En ese momento vi como la mirada de Linda se llenaba de pánico y la de Arthur de miedo. Miraban a alguien que debía estar de pie y detrás de Sebastian y de mí.

10

AMBOS VOLTEAMOS CON PRECAUCIÓN. Giramos la cabeza lentamente. Vi un brazo extendido a menos de medio metro de distancia de mí y una mano que portaba un arma.

Consideré que era mejor no movernos y pensar muy bien nuestras acciones. El brazo temblaba y era de un hombre.

Con el rabo del ojo vi que Arthur se movió hacia atrás, dejando caer la espalda sobre el respaldo del sofá. Entonces volví la cabeza hacia adelante, otra vez hacia los Donner. Sebastian también lo hizo.

Linda rogaba:

—¡No dispares! ¡No tienes derecho a hacerlo! Sé que te sientes defraudado, pero esta reacción es desproporcionada.

—Creía en lo que hacías. Pensé que ahora mi hijo formaba parte de una dimensión mejor y que podría contar con su presencia, pero todo esto era un juego para ti —dijo quien los apuntaba.

—Raymond, suelte el arma. ¿Pasará el resto de su vida encerrado? ¿Es lo que quiere? —le dije sin moverme y sin voltear.

Me di cuenta de que Sebastian se preparaba para atacarlo y desarmarlo. El brazo de Phelps, empuñando el arma, estaba más cerca de él que de mí, podría decirse que justo sobre su cabeza.

Contando con el elemento sorpresa, además de hacerlo con el nerviosismo de Phelps, podía resultar bien el plan de Sebastian, pero era arriesgado. Me pareció preferible hacerlo entrar en razón primero. Toqué la pierna de Sebastian con mi mano izquierda; con ese gesto pretendía decirle que aguardara un poco.

Escuché un grito que provenía de unos cinco o seis metros de distancia. A esa hora el vestíbulo del hotel estaba bastante vacío, pero alguien había visto lo que sucedía. Ya no podría controlarse la reacción de quienes llegasen y pasasen por la recepción del hotel. Eso iba a empeorar las cosas y pondría más nervioso a Raymond Phelps.

—Raymond, la gente que está aquí ya se ha dado cuenta de que está armado y pronto se verá rodeado de personas que podrían hacerle daño. También usted sería capaz de hacer algo en contra de gente inocente. Esta no es la mejor manera de actuar —le dije.

—No me importa… —comenzó a responder él, pero luego se calló.

Linda lloraba y Arthur se inclinaba un poco más por detrás de ella. Parecía que estuviese intentando utilizarla como escudo si Raymond se decidía a disparar.

Una idea vino a mi cabeza: era cierto lo que decía Mary Hasting sobre que ese hombre no quería a Linda. Al contrario, si alguna vez la unió a ella algo agradable, ahora eso se había convertido en odio.

Lo que sucedió después fue muy rápido. Sebastian se desplazó veloz con un movimiento bien calculado que hizo que el arma de Raymond saliera volando. Inmediatamente y con una velocidad felina, se levantó y se abalanzó sobre Raymond, que se había quedado paralizado.

Yo entonces tomé mi arma del cinto y le apunté. Escuché gritos y el llanto agudo de Linda Donner.

11

SE LLEVARON DETENIDO A RAYMOND PHELPS, quien, una vez desarmado, se mostró muy dócil. Los Donner también se fueron a casa después de prestar declaración. Sebastian y yo nos hallábamos en su auto de camino a ver a Mary Hasting.

Miré el reloj del celular: eran las once de la mañana y yo lo único en que pensaba era que Anne llevaba más de 84 horas desaparecida. Lo que había pasado en el hotel era para mí algo que no tenía que ver con lo esencial en este caso.

—¿Crees que Raymond sea a quien buscamos? —me preguntó Sebastian sacándome de mis pensamientos.

—Es un hombre atormentado cuya sanidad mental se fracturó con la muerte de su hijo. No sé si sería capaz de embarcarse en una cruzada como la de nuestro asesino —le respondí algo dudosa.

—¿Crees que el asesino está haciendo eso? ¿Qué ha diseñado una cruzada de venganza contra los abusadores?

—Sí. Eso creo. Ya no me convence que el motivo para matar a Bristol fuera por sus novelas. La muerte de Kimberly Sherman nos orienta en otra dirección. Sabemos que la misma persona la mató a ella en el lapsus que yo experimenté, que fue igual al que experimentaron los pasajeros. Es decir, provocar ese estado de conciencia alterada forma parte del *modus operandi* del criminal. Lo que no comprendo es por qué, si el asesino es fruto de una crianza cruel, ha iniciado los asesinatos de manera tan tardía. A menos que lleve en su historial varios homicidios que no hemos detectado, pero si lo ha hecho, estos no han estado acompañados de testigos que declaren no saber lo que sucedió en un lapso de horas.

—¿De dónde sacas que el asesino es producto de una crianza cruel? —me interrumpió Sebastian, con un tono de voz que demostraba extrañeza.

No le respondí y continué mi idea.

—Debió haber un detonante, como ya hemos hablado... Pensamos en una muerte y por ello consideramos a Raymond, pero el tema es que Phelps no ha salido del foso, no cuenta con la energía necesaria para convertirse en un inteligente asesino, para «emocionarse» con un proyecto criminal. Además, no me parece que tenga la capacidad mental para producir lagunas mentales en las demás psiquis.

—En ese caso, lo mismo podríamos decir de Kenneth Ryder. Ese sujeto también es como una sombra llena de tristeza por la muerte de su amigo Jim Seward y no tendría entonces la energía necesaria.

—Tienes razón —concedí.

Pensé en mi visión de Kenneth sufriendo en el cementerio. También en la de Raymond padeciendo la muerte de su hijo, junto al péndulo. En ese momento consideré que debía descartarlos a los dos porque el asesino no contaba con un amor como el que ellos habían sentido y todavía sentían. Algo me dijo que al asesino un amor así le hubiese podido permitir escapar y desembarazarse de lo que ahora lo llevaba a matar.

—La desgracia eterna, la soledad futura... —dije, sin quererlo, en voz alta.

Sebastian quitó un segundo la vista de la vía y me miró, abriendo un poco más los ojos.

—Esa frase vino a mi cabeza en estos días. Para Raymond y para Kenneth la vida es sombría, son personas desgraciadas, pero a pesar de eso están conectados con la realidad de una manera que creo el asesino no conoce.

—Dices cosas muy extrañas, Carter.

—La tristeza les debilita el poder mental. El asesino debe ser una persona que no se ha visto apegada a alguien con la intensidad con que ellos lo están o han estado; Phelps a su hijo y Ryder a su amante. Es igual, al final de cuentas, son sentimientos amorosos intensos. Y por eso el criminal ha podido concentrarse en su extraordinaria capacidad sin que nada consuma su energía, porque ni ama ni sufre. Ya lo ves, al menos Phelps está desequilibrado y fuera de sí, y si ni siquiera es capaz de controlarse a sí mismo, menos podría hacerlo con las mentes de otros.

—Ahora comienzo a entenderte. El hombre es un peligro, pero como tú, pienso que no es a quien buscamos. A menos que esté fingiendo y sea un gran actor —reconoció.

Sus palabras me llamaron la atención. Me quedé callada, pensando, y Sebastian lo notó. Entonces se sintió obligado a explicarse mejor.

—Digo que, si el asesino es tan increíble como para nublar las mentes de los demás, también puede hacernos creer que tiene una personalidad que no tiene. Y que sufre, por ejemplo. ¿No lo crees? —completó.

Esa idea me perturbó, pero en ese momento no supe por qué. Preferí continuar exponiendo mi razonamiento.

—Nos quedan Linda, Arthur y Mary —dije.

—¿Por qué siempre has creído que el asesino es uno de los

pasajeros? ¿No podría ser acaso alguien que siguiera al bus desde un auto del que ni siquiera tenemos una pista? —razonó Sebastian.

—Desde que llegó al país, Bristol no se comunicó con nadie más. Simplemente se fue directo a las Cabañas Wells y solo interactuó con las personas que estaban allí. Tuvo que decirle a alguien lo del abuso a la niña, de su hijastra.

Le argumenté eso por decirle algo, pero yo sabía que el asesino conocía lo del abuso no porque Bristol lo hubiese confesado, sino por la misma razón por la que yo sabía cosas al tocar a las personas. Debía poseer la capacidad de detectar abusadores solo con tocarlos o verlos. En ese momento fue la primera vez que pensé en serio que era alguien similar a mí, que empatizaba de la misma forma o mejor que yo, y que por eso se convertía en juez y verdugo sin necesidad de pruebas.

Al tener contacto con Bristol, debió saber lo que él había hecho con la niña y decidió matarlo, así como a Kimberly Sherman. Era como si el asesino fuese mi propio reflejo, un «Alexis» sin escrúpulos y dispuesto a matar. En ese momento la imagen de la bifurcación volvió a mí y tomó un sentido aterrador, una representación de mí misma dividida, extraviada.

Sacudí la cabeza y continué hablando.

—Entonces lo lógico es pensar que el criminal es alguien que estuvo en las cabañas y en el bus, y que habló con Bristol, y que por alguna razón logró que él le confesara lo que le había hecho a la pequeña.

No sabía si mi planteamiento convencería a Sebastian. La verdad es que tenía muchos puntos débiles, ya que Paul Bristol pudo hablar con alguien por teléfono sin salir de las cabañas o haberlo hecho por internet, incluso antes de llegar a nuestro país. Pero no podía decirle a Sebastian que me empeñaba en buscar al asesino entre los pasajeros del bus porque era lo que mi intuición me orientaba, lo que mis visiones me mostraban aunque no tuviese ninguna prueba.

—¿Qué opinas de Arthur Donner? —le pregunté, cambiando el tema.

—Es un tipo racional que está harto de esa mujer.

—Así es. Podría culparla de su deslave financiero. También de haberse visto invadido por un deseo impostergable hacia ella que luego se transformó en hastío. Arthur pudo haber iniciado una relación con Linda incluso antes de que su primera y agonizante esposa muriera. No sería la primera vez que alguien vive una fantasía de atracción hacia una persona y luego se da cuenta de que esta no era lo que esperaba, y detesta su propia decisión de tener algo con esa nueva persona y hasta desea volver el tiempo atrás.

—¿Por qué es tan importante para ti el pasado de Donner y lo de la primera esposa? —preguntó y, al hacerlo, arrugó un poco la frente y dio un pequeño toque en el volante con su mano izquierda.

Era una buena pregunta y yo no podía responderle con la verdad. No podía decirle que había visto, al tocar el asiento que ocupó Linda, el ataque a una mujer de cabellos blancos que podría ser la primera mujer de Arthur, y que por eso prefiguraba un asesinato anterior en una especie de complicidad de ellos dos. Ya ella había aclarado que tuvo fantasías asesinas con su madre que no llegó a cumplir, y bien esta podría ser la mujer mayor de mi visión siendo atacada con un objeto, pero tal vez, junto con Arthur, Linda sí se había atrevido a hacer algo para matar a la primera esposa de él. A mí me parecía que el miedo que ella reflejaba no era solo por lo que había llamado «crímenes imaginarios» ni por el deseo de haber querido asesinar a su madre. La verdad es que no sabía si debía descartar a los Donner de ser sospechosos. Si la crianza de Linda fue dura y odiaba a su madre, podría ser una vengadora de abusivos.

—No puedo decírtelo —le respondí a Sebastian muy a mi pesar.

Me estaba resultado muy difícil la relación con él, porque sabía hacer las preguntas adecuadas y cada vez me costaba más sortear sus interrogantes sin desvelar mi propia capacidad empática. Era un hombre muy inteligente. Demasiado.

En ese momento fui salvada por la campana. Llegábamos a la clínica veterinaria propiedad de Mary Hasting.

12

Sebastian apagó el motor del auto.

—¿Es que no confías en mí, Carter? —me preguntó mirando hacia abajo.

Era la primera vez que lo hacía, eso de hablarme con la cabeza gacha. Me dije que Sebastian contaba con varios mecanismos de autorregulación. Primero, alejarse de la puerta de mi habitación para no caer en la tentación de evidenciar su deseo de hacer el amor conmigo. Ahora, no mirarme a los ojos para que no notara que mi falta de confianza le afectaba.

Sucumbí ante el impulso de tocarlo y con mi mano busqué la suya, que descansaba sobre su pierna derecha.

—Sí confío. Ahora mismo eres la persona de la cual me fío más. Es solo que mis métodos son diferentes y necesito que contemos con más tiempo para poder explicártelos. Lo haré cuando encontremos a Anne. Te lo prometo —le dije.

Él tomó mi mano y la apretó por unos segundos. Luego la soltó y abrió la puerta del auto sin decir nada más.

Bajamos y vimos a una mujer salir de la clínica. Iba acompañada de un cachorro *golden retriever*. El perro ladraba y movía la cola.

Caminamos hacia ellos y, cuando estuvieron a menos de un metro de distancia de nosotros, noté que la mujer había estado llorando. Su nariz estaba enrojecida y sus pestañas aún seguían húmedas.

El cachorro comenzó a oler los zapatos de Sebastian. Él se agachó y el animal comenzó a lamerlo.

—¿Puedo acariciarlo? —preguntó a la dueña.

—Sí. Claro que puede. Se ha salvado. Llegó muy enfermo. Todavía no puedo creer que esté bien —respondió ella, sonriendo.

Su cara me resultaba familiar, pero no podía dar con la razón.

Sebastian puso sus dos manos sobre el cuello y la cabeza del cachorro y lo acarició. El perro sacaba la lengua y la llevaba a los dedos de Sebastian.

—Se llama Locura. Ya ven por qué —dijo ella.

Luego se despidió y se llevó a Locura tirando de la correa, quien continuaba ladrándole a Sebastian como despidiéndose de él.

Llegamos a la puerta de la clínica y la abrimos. Cuando entramos, nos topamos de frente con Mary Hasting. Vestía un uniforme de color blanco que mostraba dibujos de muchos perros y gatos coloridos.

—Agente Carter. Inspector. Ahora mismo estoy ocupada. Tengo que operar a una gatita. Pero pueden esperarme aquí si lo desean. Trataré de no tardarme mucho. Locura me ha entretenido más de lo debido.

Después de decir eso, dio la vuelta y se fue caminando por un corredor. Sebastian y yo nos sentamos en la salita de espera que comunicaba con la puerta de entrada. En ese momento no había nadie más en el lugar. Un fuerte olor me invadió, era parecido al que podía percibirse en los hospitales y que me desagradaba.

De pronto, recibí una llamada de Martin. Linda y Arthur Donner burlaron la vigilancia policial y se les había perdido el rastro. El jefe ordenó la vigilancia de ellos hasta que se resolviera el caso, pero habían logrado desaparecer.

Las palabras de Sebastian volvieron y retumbaron en mi cabeza: «Si el asesino es tan increíble como para nublar la mente de los demás, también podría hacernos creer que tiene una personalidad que no posee».

Yo había creído que los Donner eran unos farsantes, que ella era una mujer que quería adquirir fama por sus pinturas, y que él estaba hastiado de ella, pero tal vez eso solo era lo que ellos querían que creyera. Yo podía haber caído como mosca boba en la trampa del matrimonio Donner. Además, me convencí de que ellos estaban siendo interrogados a la hora del asesinato de Kimberly Sherman, pero eso podía no ser cierto. Ya conocía la comisaría de Rapid City; era un edificio pequeño con poco movimiento para ser una comisaría. Ellos pudieron influir en los recuerdos de Martin o de quien fuera que los interrogara en relación con los huesos de los niños que Linda desenterró en la mina abandonada. Simplemente creí que estaban allí porque Martin lo dijo, igual que los pasajeros del bus dijeron que el paseo el día de la muerte de Bristol se había dado sin contratiempos.

—Nos han engañado todo el tiempo —le dije a Sebastian.

13

Pensé en lo que había experimentado en las Cabañas Wells: ese desconsuelo y esa asfixia que al principio supuse se debía a la presencia de Balfe. Me preguntaba cuál de los dos sería el controlador, quien poseía la capacidad de interferir en los recuerdos de los demás. Me dije que tal vez lo conseguían entre los dos como en una especie de sinergia. Quizás la primera vez que cometieron un asesinato fue cuando mataron a esa mujer de cabellos grises de mi visión. Entonces, lo vi todo claro.

—¡Es él! ¡Él es el poderoso! Por eso no vi nada al tocar el asiento que ocupó en el bus. ¿Cómo no pude planteármelo antes? ¡He estado todo este tiempo en casa de los raptores de Anne! —exclamé.

—Alexis, ¿puedes decirme de qué demonios estás hablando? —me preguntó Sebastian alzando la voz.

Yo aún tenía el teléfono entre las manos. La voz de Martin podía escucharse en el aparato, intentaba que yo le respondiera. La impresión de saber que desde el principio conviví en el mismo lugar con los captores de Anne me desquiciaba.

Sebastian tomó el celular de mis manos y se puso al habla con Martin. Me sentía entre nubes, más bien, como dentro de una espesa niebla. Miré al frente y vi una fotografía muy grande de un gato siamés que parecía escrutarme, acusarme. Si Anne moría, sería mi responsabilidad. Como lo había sido la muerte de Devin. Todas las personas que amaba lo hacían por mi culpa…

—Han dado la orden de búsqueda por todo el estado —me dijo Sebastian con voz grave apenas cortó la comunicación con Martin y me devolvió el celular.

—¿Por qué huir si no son culpables? —preguntó.

—Porque tal vez lo son —respondí.

—No me lo parecían. Además, no pudieron matar a Kimberly Sherman porque estaban en la comisaría.

—¿Lo estaban en realidad? —intervine.

—Eso me dijo Martin. Él mismo los estaba interrogando. Creo que Balfe también estaba allí. De todas formas, no podrán ir lejos.

—A menos que conozcan vías de escape que la policía ignora. Sabían de la existencia de la mina, también de la del cementerio junto al hospital antiguo. Parecen conocer muy bien estos parajes.

—La policía también —argumentó él. Después, como cayendo en cuenta de algo, continuó hablando—. ¿Quieres decir que hicieron creer a Martin y a Balfe que estaban en la sala de interrogatorios cuando en realidad estaban en las cascadas matando a Sherman?

Asentí. Sebastian inspiró profundo y con la mano derecha se sacudió el pelo de la parte superior de su cabeza.

—Podría ser… —terminó aceptando.

14

Salimos de la clínica veterinaria sin avisarle a Mary Hasting. Le propuse a Sebastian que participáramos en la búsqueda de los Donner en lugar de ir a la comisaría. No podía quedarme sin hacer nada hasta que la policía diera con ellos. Además, pensaba que el tiempo de Anne se acababa. Si los Donner planeaban huir, podían deshacerse de Anne para no dejar ese cabo suelto.

Las próximas horas las pasamos recorriendo la ciudad y los alrededores de Black Hills. En mi cabeza nada aparecía, ninguna visión. Estaba bloqueada por completo.

Eran las siete de la noche cuando le dije a Sebastian que deseaba volver al lugar donde el bus se detuvo y asesinaron a Bristol. Llegamos allí. Nos bajamos del auto y caminamos hasta adentrarnos un poco en el bosque, junto a la carretera. Sebastian solo me seguía. Desde hacía unos minutos lo notaba muy callado.

Esperé un poco y miré en todas las direcciones. Me sentía perdida. Me agaché y toqué la tierra y el monte que crecía en ella, pero era incapaz de tener alguna visión.

—Carter, ¿qué haces? —me preguntó.

Sacudí mis manos y volví a ponerme de pie. Escuché un ruido en la carretera. O eso me pareció. Entonces volteé en dirección a donde lo había oído y sin querer tropecé con algo. Casi me caigo y, para no hacerlo, me apoyé en Sebastian. Puse la mano en su brazo. Él me sostuvo y luego su mano tomó la mía. Fue cuando una horrenda imagen se apoderó de mi mente. Vi el cuerpo ensangrentado de un hombre con muchas heridas en el cuello, en la cara, en el pecho y en los genitales. Estaba muerto y tuve la convicción de que había sido víctima del asesino que yo buscaba.

¿Por qué el contacto con Sebastian me producía esa imagen?

Sentí que me faltaba el aire y un enorme peso aprisionaba mi cabeza. Yo no conocía a ese hombre muerto, no era Bristol. Después la imagen desapareció y apareció un gramófono dorado y antiguo cubierto de sangre en el que daba vueltas un disco. En medio de este podía leerse la palabra «amor». El gramófono parecía estar en una cafetería.

¿Quién había hablado de una cafetería antes? No podía recordarlo.

Esa imagen también desapareció de mi cabeza y me quedó un profundo miedo porque había una sola explicación para que esas imágenes hubiesen aparecido al tocar a Sebastian Hausmann.

Y esa deducción era aterradora.

15

PERDÍ LA CONSCIENCIA. Cuando desperté, me hallaba en la sala de una casa que no conocía. Había un olor a medicamento en el ambiente. Sentí náuseas.

Me dolía mucho la cabeza. Iba a estallarme. Intenté moverme, pero mi cuerpo no respondía a mi voluntad. Escuché pasos y luego la voz de Sebastian Hausmann. Cantaba una canción que nunca había escuchado. Parecía música celta.

—¿Eres un asesino? —le pregunté.

Sebastian no me respondió y siguió cantando. Después se sentó en una silla junto a la mesa de un comedor que se encontraba como a cinco metros de distancia de la mecedora donde yo estaba sentada.

Aunque quería levantarme, no podía hacerlo. Supuse que me habían drogado. Miré alrededor y me di cuenta de que había muchos objetos antiguos en ese lugar. Las ventanas estaban cubiertas con telas blancas de encajes que en ese momento me parecieron horrendas. Era como si el tiempo se hubiese detenido y me encontrara en una estancia típica de inicios del siglo pasado.

—¿Dónde estoy?

Algo en mi cabeza me recordó a Balfe, a la oscuridad.

—Es una casa muy bonita. Parece cuidada con esmero —fue lo que respondió Sebastian.

Su voz tenía algo malo. Hablaba con una pronunciación lenta, como si tuviese que pensar con mucho esfuerzo antes de hablar.

—¿Por qué me has traído aquí? ¿Aquí está Anne?

—Anne… quería que la sacaras de tu cabeza para entrar en tu habitación, para que me invitaras a entrar —dijo, hablando todavía con mayor lentitud.

Escuché el sonido de un celular, pero no era el mío. El tono era diferente. Sebastian se mantuvo inmóvil y callado. Cerró los ojos. De pronto me pareció que actuaba como un niño.

Escuché un gato maullar. Me dije a mí misma que tenía que calmarme. No podía mover las manos ni ninguna parte de mi cuerpo, pero al menos podía pensar con claridad.

El gato comenzó a maullar con más insistencia. Escuché unos pasos que se acercaban. Entonces me di cuenta de que era el olor que había percibido en la clínica veterinaria de Mary Hasting. Y también comprendí que al lado de la casa de mi abuela no había ninguna vecina.

Mary Hasting había implantado ideas en mi cabeza. No existía ninguna niña parecida a ella en mi pasado, aunque muchas veces deseé que hubiese alguien allí para tener con quien jugar.

¡Esa vecina nunca existió!

PARTE V

1

ANNE DESPERTÓ. Había soñado que estaba en su casa. Pero al abrir los ojos otra vez la verdadera pesadilla volvió sobre ella.

Deseó que su corazón fallara de una vez. Había perdido toda esperanza. Ahora estaba segura de que nadie la encontraría.

Lo que más quería era morir y acabar con ese insoportable encierro. No se atrevía a tapar los agujeros que todavía la conectaban con la vida. Algo dentro de ella se negaba a hacerlo. Cada vez que las gotas de agua caían por la pequeña manguerilla de goma que llegaba cerca de sus labios, ella abría la boca para tomar del líquido y no morir de sed.

Estuvo despierta durante unos minutos, pero luego se fue perdiendo en un sueño consolador. Esta vez el sueño la llevó a la cafetería donde conoció a Kenneth.

Despertó y recordó lo que sucedió en el bus, otra vez. Cuando se dio cuenta de que algo inusual estaba pasando. Cuando bajó y la vio a ella, a Mary Hasting.

Lucía impactada, aterrada.

—¡Alguien lo ha herido! ¡Está muy mal! No sé qué ha pasado... —exclamaba una y otra vez.

Anne no llevaba su arma consigo. Después de todo, había ido a Rapid City para una fiesta, no de servicio.

Entonces caminó hacia la parte de atrás del bus y cruzó la vía. Vio un bulto inerte en el otro lado de la carretera. Se acercó a él. Pensó que Mary se había quedado junto al bus, pero no fue así.

Fue ella quien la atacó y la metió en ese ataúd. ¿Cómo había podido confiar en ella?, se preguntaba una y otra vez.

Era una interrogante que le hacía daño. Tal vez porque lucía inofensiva, sensible y confiable. Pero era el peor monstruo que había conocido en toda su carrera como policía. El más letal. El que lograría acabar con su vida.

—Puede que haya sido mi culpa por haber aceptado la invitación de Kenneth... —se dijo a sí misma y volvió a quedarse dormida.

2

SUPE QUE MARY era poderosa y creaba «trucos de espejos» en la memoria de las personas.

Ese parecido que implantó en mí fue posible por el deseo de compañía que siempre tuve de pequeña. Eso hizo que nunca me la planteara en primera línea como sospechosa. Después se había mostrado asustadiza, cercana, confidente. Había actuado muy bien porque nunca dudé de ella. Y ahora me tenía bajo su control, al menos físicamente.

Fue cuando pensé en eso que Mary apareció en la sala, sonriendo.

—Veo que te has despertado, Alexis. Ya comenzaba a preocuparme. En tu caso, tuve que drogarte y por ello no puedes moverte, pero pronto recuperarás la movilidad de todo el cuerpo. Tu voluntad es increíble. Con Sebastian no tuve que tomarme tantas molestias. Noto cierta tensión sexual entre ustedes…

—¿Anne está viva? —fue lo primero que le pregunté.

Ella me miró, callada, después se sentó frente a mí en una silla de madera. Alisó un pliegue que se formó en la tela de su uniforme a la altura del regazo. Este se había convertido en el refugio de un gato que vino siguiéndola. Entonces acarició la cabeza del animal mientras este entrecerraba los ojos.

—Sí. Anne está viva —me respondió.

Inspiré aliviada y comencé a sentir un hormigueo en la punta de los dedos de las manos.

—Es la primera vez que hay dos personas en esta salita. Todas estas cosas pertenecían a mamá y ahora son mías. Ella murió hace unos meses, pero es como si todavía estuviera aquí. Siempre me dije que cuando ella por fin no estuviera iba a quemar todo esto, y con mi propio dinero iba a comprar cosas muy diferentes. Pero ya ves, uno no sabe cómo va a reaccionar llegado el momento.

Hizo una pausa. Yo miré a Sebastian.

—Eso era cuando pensaba que podría escapar, pero algunas personas tienen otras maneras de quedarse. ¿Conoces el poema? «Se fue, pero qué forma de quedarse».

—¿Escapar de qué? —le pregunté.

—De ella. De Felicity Abroms. Así se llamaba mi madre. Hasta su nombre era una ironía para mí.

—Te torturaba. Estaba enferma. Era sádica y tú fuiste su víctima eterna. ¿No es así?

—No pretendas conocerme tanto, Alexis. Yo soy la que ha logrado implantar ideas en tu cabeza. Desde que te vi en las Cabañas Wells comprendí que eras poderosa. Pero solo has descubierto lo que yo te he permitido. Por eso pensaste que era yo la chica herida en la escuela. Era Philipa en realidad, casi la única amiga que he tenido y también la única persona con la que cometí un error. Era apenas una niña y no sabía cómo actuar. Después de eso, mamá fue más severa aún. Pila, así la llamaba yo, intentó suicidarse porque atravesaba un cuadro depresivo grave. Su padre abusaba de ella. Lo había contado a una de nuestras maestras, pero esta no tomó en serio la acusación o se tomó demasiado tiempo en hacerlo. Fui yo quien dijo a los cuatro vientos que Pila era víctima de su padre y de la tapadera de ese colegio, pero mi madre se encargó de mostrarme que no debía entrometerme en eso, y mi equivocación fue hacerle caso. Pila ahora sigue siendo mi amiga. De hecho, hoy te cruzaste con ella cuando más temprano viniste a verme. Siempre que visita Rapid City nos encontramos.

Comprendí por qué había visto el rostro de Mary en mi visión. Porque ella así lo quiso, porque en parte esa era su confesión. Su amiga fue víctima de abuso y ella también. No solo se sentía culpable por no haber hecho nada más por su amiga, sino que, a la vez, se veía igual a Philipa, como una víctima. Nunca le dijo a nadie lo que su madre le hacía y vivió con su abusadora hasta hacía pocos meses. No podía pensar algo más trágico y horrible. El maltrato, en el caso de Mary, era sobre todo psicológico y por ello más difícil de detectar. También comprendí por qué tuve la visión del hombre ensangrentado al tocar a Sebastian. Él había estado acariciando a Locura minutos después de que Mary —de seguro— lo hizo también. Quizás ambos lo acariciaron de la misma manera, masajeándole el cuello.

—¿A cuántas personas has matado? —le pregunté.

—Podríamos decir que «directamente» comencé con Paul Bristol. Era una mala persona.

—¿Entonces «indirectamente» hubo alguien antes? ¿Se trataba de un hombre?

—Sí —dijo a la vez que movía la cabeza hacia abajo y miraba a su gato—. A Travis Engler. Y ella también se merecía estar presa.

—¿Ella?

—Verás, su esposa sabía que Engler abusaba de su hijo, pero prefería ignorarlo. Me trajo al mastín a consulta porque se estaba tornando agresivo. Toqué al animal y lo supe todo. Me sentí asqueada con Travis y con ella también. Mi madre ya estaba inválida y dependía por completo de mis cuidados en ese entonces. Esa fue una buena etapa para mí; verla disminuida y dependiente. Fue cuando comencé a verme como alguien que podía contribuir a mejorar la vida de algunas personas. Así que le dije a Josefine, la esposa de Travis, que el animal era inofensivo. Además, le inyecté una dosis de un estimulante y le dije a ella que no sería un problema, que podría irse a casa. El niño ya no vivía con ellos en esos días. Sabía que el perro iba a atacarlos en cuánto despertara. Y lo hizo. Se le abalanzó a él y ella le disparó al animal en medio del ataque. Además, sin quererlo, disparó a Travis y terminó de herirlo de muerte. Porque Josefine no era diestra en el manejo de la escopeta. Eso fue justicia poética.

Me miró y sonrió.

—Luego declaré a la Policía que le había dicho con suma claridad a Josefine Engler que el perro era un peligro y que no debía llevarlo a casa, sino sacrificarlo. Ya sabrás a quién le creyó el policía. Mi testimonio fue central para la acusación. Josefine resultó culpable de homicidio culposo. ¿Y sabes por qué el detective me creyó? Porque le recordé a una antigua novia que tuvo. Puedo hacer eso, lograr que la gente me vea como no soy, conectar con una parte alterada de la memoria.

—Lo sé. Lo hiciste conmigo y mi vecina imaginaria —le dije.

—Lo ves. Solo lleno espacios en blanco. Soy el contenido deseado que ocupo los vacíos del pasado, podríamos decir.

—¿Por qué has retenido a Anne? Ella no ha maltratado a nadie. Es la mejor persona que conozco.

Entonces, el resplandor de una rabia muy pura apareció en los ojos de Mary Hasting, que se clavaron en mí.

3

DESPUÉS MARY LLEVÓ la mirada hacia Sebastian. Él se mantenía sentado a la mesa, inmóvil y con los ojos cerrados.

—No va a recordar nada de esto —me dijo.

—¿Qué vas a hacer conmigo? ¿Por qué nos trajiste aquí si no sospechaba de ti y todo el mundo busca a los Donner? —pregunté.

—Tarde o temprano ibas a saber la verdad. Percibo que eres empática.

—¿No has percibido otra cosa? —pregunté.

—¿A qué te refieres? ¿Al tormento de Kenneth por su amor perdido y a su genuino interés en tu amiga? ¿A las nuevas creencias que son una tabla de salvación para el pobre Raymond? ¿O al amor mezclado con odio que en el ocaso de su vida siente Arthur por la egoísta Linda?

—Me refiero a Jamie Balfe —completé.

—Es un hombre extraño, pero no sé de qué hablas.

Me pareció que decía la verdad.

—En cuanto a Anne, te he dicho que está viva y que lo seguirá estando porque necesita un buen tiempo para reflexionar. No logré someterla en el bus como a los otros. Tal vez porque con aquellos ya había mantenido contacto antes en las cabañas, en cambio, Anne llegó de improviso movida por el deseo que le inspiró Kenneth Ryder.

Cuando dijo eso, volví a experimentar la ira que la unía a Anne.

—¿Por qué odias a mi compañera? —le pregunté.

—No lo hago. No odio a nadie en particular. Felicity me enseñó a no sentir nada parecido. Solo actúo de forma oportuna para evitar sufrimientos, como los que tuve que soportar yo, y como los que tuvo que aguantar Philipa. Claro que, en mi caso, me hicieron más fuerte.

—No es verdad. Odias a Anne —insistí.

El gato emitió un ruido y la atacó de repente. Le hizo un arañazo en la mano. Luego saltó al suelo y se fue a refugiar en un rincón.

Me di cuenta de que Mary tenía en la mano un alfiler. Había clavado la punta en el animal, buscando esa reacción en él.

—Era la gata de mamá. Ya está vieja. Debe morir pronto, pero aún no decido cuándo. Mientras tanto, la cuido y la alimento.

Me supe perdida. Estaba atrapada por una persona muy enferma e impredecible. Sus traumas eran profundos. Mary Hasting tenía una personalidad fragmentada y, aunque decía no odiar, todo en ella era ira.

—Tu rabia se pudrió dentro de ti. La que sentías por tu madre, la que ella te producía al encerrarte en un ataúd —le dije.

Mary se levantó de la silla y caminó hacia mí. Se detuvo a mi lado y acarició mi cara.

Entonces, en mi cabeza vi a una mujer muy parecida a Anne meter a una niña en una caja de madera repujada, con un espejo y varios agujeros en la cara interna. La niña se parecía a la muñeca llena de gusanos de mis visiones anteriores.

—¡La odias porque se le parece! Anne se parece a tu sádica madre y no puedes evitar sentir esa enorme fuerza nueva para ti, ese deseo de castigarla que nunca pudiste ejercer.

4

Pensé que iba a golpearme al escucharme, pero no lo hizo. Se separó de mí un poco, dando dos pasos hacia atrás y luego se dio la vuelta. Después llevó la mano a la parte posterior de su cuello y movió la cabeza a un lado y a otro. Como ejecutando ese movimiento que uno hace cuando quiere distender los músculos, cuando siente tensión.

—¿Qué sabes tú de mi madre? —preguntó todavía dándome la espalda.

—Te encerraba por horas y así lograste desarrollar tu habilidad mental, tal vez innata, como nadie lo ha hecho. El autocontrol era lo único que tenías para sobrevivir. La rabia que sientes por Anne, la verdadera razón por la que la has raptado y encerrado no es porque supiera que mataste a Bristol, sino porque te hace recordar a tu madre. El parecido entre ellas puede que sea demasiado para ti. Debe ser la primera vez que sientes algo tan auténtico, que tu cabeza queda en blanco y experimentas una emoción tan real y enorme.

Hice una pausa y sentí un hormigueo en mis pies. Logré moverlos un poco.

Continué hablando.

—Lo malo es que este sentimiento es la rabia. Hasta matas por una razón, porque quieres sacar de este mundo a los abusadores como el padre de tu amiga, como Bristol y Sherman. Eres una vengadora racional y poderosa, pero lo que has hecho con Anne no se corresponde con eso. Simplemente no pudiste evitar odiarla por su parecido con Felicity — le dije.

Vi cómo se clavó el alfiler en el dedo medio de la mano izquierda. Me pareció que lloraba por el movimiento que observé en sus hombros, pero no lo hacía. La escuché reír. Después se dio la vuelta y me miró.

—Puede que sea verdad lo que dices.

—Detente. Puedes ahora mismo parar. Tendrás un trato justo, te ayudarán. Saldrás de este lugar en donde aún respira Felicity. Puedes salvar a Anne porque ella no es tu madre. Sus hijos la necesitan —le dije.

—Es muy tarde —me respondió.

Me dio la impresión de que por un segundo o dos quiso creerme, pero al final no lo hizo.

—Te pareces a Kenneth Ryder y a su patética idea de creer que podía volver a empezar. Se encontró con Anne Ashton en la cafetería más bonita de esta ciudad. Es emblemática y exhibe objetos interesantes. Algunos fueron donados por Felicity, como aquel gramófono dorado que yo odiaba porque ella lo activaba y disfrutaba de la música mientras yo estaba castigada. No está bien ese patético optimismo de amores mínimos que algunos creen enormes y salvadores. Son solo falsedades que emocionan por un momento. Y yo soy inmune a ellas. Tienes que saber, Alexis, que algunas cosas no tienen remedio, y soy de esas.

En ese momento, se acercó. Estaba decidida a golpearme o tal vez a estrangularme. Escuché a la gata maullar una vez.

Sebastian comenzó a cantar de nuevo la misma canción de antes.

5

VOLVÍ A SENTIR el hormigueo de antes en las piernas. Parecía que mi cuerpo comenzaba a despertar, pero lo hacía de una manera muy lenta, como para que pudiera defenderme de Mary. Aquel era mi fin.

Ella avanzaba hacia mí. Entonces esperé un ataque, pero no lo hubo.

—Eso es lo normal, lo que hacen todos. Esperan el impacto en un momento y piensan que luego todo acabará. Pero, en mi caso, no sucedió así. No hubo un ataque definitivo, ni un antes ni un después. Vivo en un constante golpe que no acaba. Tal vez tú puedas entenderme... —dijo.

Se había detenido. La gata, que aún estaba en la habitación, salió corriendo y Sebastian interrumpió su canto. De repente pensé en el momento en que recibí la llamada que desgarró mi vida, cuando me dijeron que el hombre que amaba había muerto. Sabía que eso estaba en mi cabeza porque Mary lo metió allí. Comprendí que se hacía fuerte y se imponía por la culpa que las personas sentíamos. Así, Linda se sentía culpable de haber querido asesinar a su madre,

Raymond de no haber brindado una mejor vida o una mejor muerte a su hijo, Kenneth de no haber dicho a los cuatro vientos que amaba a su amigo. Por eso yo había tenido aquellas visiones en el bus. Era por medio de la culpa que lograba doblegar las mentes y producir el «paréntesis», la expulsión de la realidad y la continuación de una realidad diferente por unos minutos o algunas horas. Mary lograba imponer un estado de conciencia secundario que funcionaba como una detención del tiempo verdadero.

—Sé cómo lo consigues. Primero te haces una idea de las personas y después usas las palabras adecuadas para traer el recuerdo que atormenta a tu interlocutor. Y es allí cuando logras el efecto. Lo logras por una mezcla de habilidades que has cultivado. Sabías que al decirme lo del golpe que no acaba iba a pensar en Devin. De seguro has investigado mi vida. Cuentas con una inteligencia excepcional y has tenido mucho tiempo para hacer juegos mentales y mirar tus propias expresiones en un espejo, encerrada en el ataúd donde tu madre te encerraba. Deseas que el recuerdo de Devin me haga débil, me impulse a pensar que ya nada tiene sentido, y eso hace mi mente débil y me lleva a un limbo —afirmé.

Ahora que la había comprendido, no iba a dejar que la culpa fuera más fuerte dentro de mí. Traje a mi mente a Anne y a sus hijos. Eran personas vivas que valían la pena. Pensé en mi compañera la primera vez que la vi, tan resuelta a salvar la vida de una niña que se estaba asfixiando.

Entonces me pareció que comencé a librarme del efecto que Mary quería lograr en mí.

Las dos librábamos una especie de batalla por el control de mi mente, pero yo estaba resistiendo.

—Tú lo sabes, la imaginación salva, Mary. Y ahora imagino a Anne, no a Devin. No es la primera vez que me libro de tu influencia. Lo hice en el descampado, y seguro que fue porque pensaba en Anne y en que yo podía hacer algo por ella. Justo por eso que tú has descrito como un «patético optimismo», que además es algo que nunca has sentido, pero que envidias. ¿A quién imaginas tú, más allá de la persona que te maltrató hasta el final de sus días? ¿Por quién serías capaz de hacer algo? Por nadie —sentencié.

Mary comprendió que no podría doblegarme en ese momento. Dio la vuelta y se encaminó a la salida de la sala, pero yo no podía dejar que se marchara. Tenía que detenerla.

La vida de Anne dependía de ello.

6

Tenía que hacer algo para que volviera aunque tuviese que alterarla y provocarla.

—Lo que hizo Felicity contigo fue tu culpa. Pudiste haberte ido de esta casa y abandonarla cuando creciste —le grité.

Sabía que eso la alteraría porque no era cierto. Mary fue víctima antes de ser victimaria, y su madre había sabido tejer un vínculo tóxico para ella del cual nunca tuvo oportunidad de escapar. Era una acusación falaz la que hacía, pero necesitaba que se descontrolara y permaneciera en la sala por más tiempo, hasta que al menos me dijera algo más sobre Anne.

Mary se detuvo al escucharme y giró en redondo.

—Así que no eres tan inteligente como pensé. Eso es lo que opinaría la gente ignorante, pero se supone que tú no lo eres —me dijo en tono acusador.

Logré mi objetivo, había abierto la caja de Pandora.

Volvió a dar la vuelta y salió de la sala con pasos apurados. Tuve la intuición de que volvería. Lo hizo trayendo una pala consigo.

Intenté moverme, pero más allá de los calambres que sentía en las piernas, no lograba nada.

Se me ocurrió un último recurso.

—¡Sebastian! ¡Sebastian! ¡Tienes que ayudarme! —grité.

Él abrió los ojos y se quedó mirándome, pero no hizo nada más.

Mary se detuvo.

—¿De verdad crees que lograrás que él despierte? Uno de tus problemas es que confías demasiado en la gente que no conoces —me dijo.

—Sebastian, lo que creas que has hecho mal, no es así. ¡Nadie ha muerto por tu culpa! Si no pudiste salvar a alguien inocente fue porque nunca estuvo en tus manos hacerlo —grité con más fuerza.

Estaba apostando a que si era cierto que la debilidad que Mary aprovechaba se soportaba en los sentimientos de culpa —en esas ideas que nos hacen sentir miserables—, en el caso de Sebastian, debía ocurrir algo similar. Perteneciendo al cuerpo policial, supuse que tal vez alguna vez Sebastian llegó tarde y no pudo evitar la muerte de alguna víctima. O que tal vez había optado por hacerse policía viniendo de una familia rica para resarcir una acción pasada cargada de culpabilidad. No lo sabía, pero intentar aquello era mi última esperanza.

—Sebastian, son las personas vivas las que importan en el presente. ¡No los muertos del pasado! —grité.

Mary se acercó corriendo hacia mí con la pala sostenida en su mano derecha. Supe que moriría y, en milésimas de segundos, muchas escenas junto con Devin y junto con Anne poblaron mi mente. Me dije a mí misma que había hecho todo lo posible y cerré los ojos. Me preparé a morir.

En ese momento escuché un disparo.

7

Mary cayó al suelo cerca de mí. Sebastian se acercó corriendo a la mecedora donde yo me encontraba.

Intenté ponerme de pie. Lograba mover las piernas un poco más, pero no como para poder levantarme sin ayuda.

—Alexis, ¿estás bien? —me preguntó Sebastian cuando llegó. Pasó sus manos por mi rostro y luego acarició mi cabeza.

—Sí. Estoy bien. ¿Y ella? ¿Está muerta? Cómo sabremos de Anne si…

—No está muerta. Le disparé al hombro —respondió Sebastian.

Después de decir eso, se agachó para evaluar a Mary Hasting. Supuse que iba a tomarle el pulso y a ver su estado general.

En pocos instantes volvió a ponerse de pie y caminó por la sala. Buscó un celular y regresó con él entre las manos. Llamó a la comisaría.

—Pronto estarán aquí. No sé muy bien lo que pasó. Solo

sé que esta mujer tenía tan poca fe en mí que ni siquiera me desarmó. De repente te escuché y tomé mi arma.

—Tenía poca fe en ti y mucha fe en ella misma —respondí al tiempo que miraba hacia abajo, a donde yacía Mary.

—Ahora está estable. Solo desmayada. Se salvará y nos dirá dónde está Anne. No te preocupes… —me dijo Sebastian.

Entonces, unas ganas incontenibles de llorar me atacaron. Nunca me había sentido tan cerca del fin. Mis brazos adquirieron de nuevo total movilidad y también mis piernas. Le pedí ayuda a Sebastian para levantarme. Me sostuvo y logré con su apoyo mantenerme en pie.

Sentí náuseas, pero logré estabilizarme. Sebastian estaba muy cerca de mí. En ese momento me abrazó y yo me aferré a él. Sentí como las lágrimas resbalaban por mi cara e iban a parar a la tela de la camisa que cubría sus hombros.

—¿Estabas…? ¿Escuchaste…? ¿Cómo saliste de ese trance? —pregunté.

Sin interrumpir el abrazo, me respondió:

—No recuerdo con claridad. Sé que escuchaba tu voz y la de ella, pero sentía que estaban en una dimensión diferente, que yo me hallaba en otra parte como un espectador. Hubo unas palabras que me hicieron volver a la realidad. Dijiste que eran las personas vivas las que importaban, o algo así. ¿Cómo supiste que…?

Dejó la pregunta inconclusa.

—No lo supe. Solo lo imaginé. Tienes espíritu de ley, de policía. Las personas como tú siempre lamentarán algo de su pasado, siempre hay alguien a quien no pudieron salvar. Estoy segura de que algún fantasma de culpabilidad poblaba esa dimensión en la que estabas, algún recuerdo de alguien que quisiste salvar y no pudiste.

—Me gusta lo del «espíritu de ley». Nadie me lo había

dicho antes. Deberías explicárselo a mi familia —dijo con una sonrisa irónica y luego me abrazó más fuerte.

En ese momento, supe que yo también debía dejar los muertos en el pasado. Y me despedí de Devin como nunca lo había hecho. Creo que él también quería despedirse de mí.

Escuchamos pasos dentro de la casa. Llegaron varios agentes acompañados de Gabriel Martin.

En ese momento, Mary Hasting despertó.

8

SEBASTIAN y yo nos hallábamos en el despacho del jefe Gabriel Martin unas horas después de los eventos en casa de Mary Hasting.

Parecía que había estado allí hacía muchos años y ni siquiera había transcurrido una semana desde la primera vez que visité el despacho y vi las fotos de Martin alardeando de su pesca de las truchas extrañas.

—Hasting no ha dicho una palabra —explicó el jefe.

—Tengo que verla —exclamé.

—Lo sé. Lo sé —dijo al tiempo en que levantaba una mano, como pidiéndome paciencia—. Pero debíamos seguir los procedimientos. Había que conocer la droga que esa mujer le había administrado y comprobar que estuviese bien. Ahora lo sabemos y también que ya se encuentra en perfecto estado. Además, debíamos esperar la intervención de Hasting. Por cierto, usted agente Hausmann, tiene una excelente puntería, la neutralizó sin comprometer su vida.

—Sí. Desde muy chico aprendí a disparar. Salía de caza

con mi padre. Era de las pocas cosas que hacíamos juntos —respondió Sebastian.

—Ahora nos enfrentamos al problema de que, si Hasting no habla, no podremos avanzar ni en su acusación ni en lo más importante, dar con el paradero de la agente Anne Ashton.

—Ella me dijo que la había encerrado en una caja de madera con ventilación e hidratación —mentí.

Me pareció que Sebastian me miró con un gesto de preocupación. Como si supiera que eso no era verdad. Pero pensé que no podía saberlo, porque durante la conversación que yo sostuve con Mary él se encontraba en estado de semiinconsciencia. Eso me había dicho.

—¿No le dio ninguna otra pista? —preguntó Martin.

—No —respondí.

—Mala cosa. Estamos haciendo el análisis del celular de la detenida. Localizando dónde estuvo los últimos días. Pero hasta ahora no hemos descubierto nada. Yo sigo sin entender cómo esa mujer ha logrado confundir a tanta gente. ¿Qué clase de poder extraño es ese? Para mí es algo totalmente nuevo, y si me lo permiten, aterrador.

—Es una mujer muy traumatizada y perturbada —completó Sebastian.

—Y eso me lleva a plantearme una pregunta. ¿Cómo es que Jamie Balfe no pudo detectar esa perturbación en Mary? —dije y esperé atenta la reacción de Martin a mi nada inocente comentario.

—Es verdad. Ya lo había pensado de camino del hospital hacia acá —reconoció Martin—. Tal vez ella también logró engañarlo a él.

—O tal vez Balfe descubrió los traumas y la capacidad de Mary Hasting y por alguna razón no dijo nada —insistí.

Martin se movió hacia adelante y apoyó los codos en la superficie del escritorio que nos separaba de él.

—¿Está diciendo que Balfe voluntariamente entorpeció la investigación? —me preguntó.

Su entonación era una mezcla de incredulidad y molestia.

—No lo sé. Pero si justo se le busca para que aclare el diagnóstico psicológico de individuos sospechosos y no logra conducirnos a la verdad, voluntariamente o no, no ha sido útil —aclaré.

—Es cierto. Es la primera vez que lo noto tan perdido. De hecho, lo he llamado hace unos minutos, pero no me ha respondido, y eso tampoco es normal —dijo Martin.

Me levanté de la silla que ocupaba. La misma que utilicé la primera vez que entré en ese despacho. Miré un rayo de sol que avanzaba tímido sobre los papeles del escritorio de Martin y las partículas de polvo que flotaban en el aire. Entonces una pregunta vino a mi cabeza: «¿Cuánto aire le quedaba a Anne?».

Sebastian se levantó también.

—Voy a hablar con Mary Hasting. Tendrá que decirme dónde la ha encerrado —dije.

Me escuché a mí misma con una entonación diferente. En ese momento la puerta del despacho se abrió y Netty Burgess, la secretaria de Martin, entró. Vestía la misma blusa blanca y la falda negra de cuando la vi la primera vez. Debía siempre vestir igual para ir a trabajar. No sé por qué me fijé tanto en eso. Me lanzó una mirada cargada de algo que no supe descifrar.

Sebastian y yo salimos del despacho, y cuando él estuvo a punto de cerrar la puerta, escuché unas palabras:

—Todavía no puedo creer que Mary, la veterinaria, sea una asesina. ¿Están seguros de eso? Ha cuidado todos los animales de mi familia desde siempre. Y su madre era una excelente persona, una mujer muy culta…

La puerta se cerró y pensé: «Comprendo demasiado a Mary Hasting. Las apariencias esconden a los peores monstruos, y eso es insoportable».

—Monstruos como Balfe, con imagen de civilizados pero que sirven a la oscuridad —exclamé en voz alta.

—¿Perdón? ¿Decías algo? —preguntó Sebastian.

El papel de la oscuridad en todo esto me preocupaba. Según Mary, ella no percibió nada extraño en Balfe, pero eso podía ser mentira. Tal vez ya la habían captado o estarían a punto de hacerlo.

—Después de visitar a Mary Hasting me gustaría que viéramos a Jamie Balfe —le dije a Sebastian.

Ese hombre continuaba dándome miedo, pero ya era hora de vencerlo.

9

Cuando salimos al estacionamiento de la comisaría, nos encontramos con Kenneth Ryder.

—Agente, la estaba buscando —me dijo.

Sebastian se apartó un poco. Comprendió que Kenneth quería decirme algo a solas.

—He escuchado que han detenido a Mary Hasting y que creen que es ella la asesina de Bristol.

Hizo una pausa. Me mantuve en silencio.

—Algunas personas no muestran jamás lo que son. Nadie sospecharía de Mary porque es una mujer fresca, sencilla, sensitiva. Es todo lo que deseamos que sea bueno en alguien. Pero luego, cuando lo pensamos bien, entonces comprendemos que nadie puede ser tan perfecto. Que la perfección es un invento. Y entonces, algunos detalles empiezan a florecer en nuestras cabezas…

—¿Detalles como cuáles? —lo interrumpí.

—La primera noche que pasamos en las cabañas, antes del paseo, yo tenía la impresión de que ella me comprendía, que sabía de mi depresión y de las ganas que siempre he tenido de perderme en el bosque y no volver. Salgo a correr de forma compulsiva, a pesar de mi rodilla, y lo hago como para destruirme. Pero eso nadie lo sabe. Sin embargo, ella me miraba como si lo supiera. Y esa noche, cuando volví a la cabaña, la encontré de pie en la escalinata que conduce a las cabañas. Era como si me estuviera esperando.

—¿Y qué pasó?

—Me dijo que ojalá pudiera ser posible.

—¿A qué se refería? —pregunté sin perder los detalles en las expresiones de Kenneth.

—Eso es lo más extraño. Yo acababa de conocer a Anne. Y mientras corría, pensé que era la primera vez que no quería morirme ni perderme. Quería volver a las cabañas y que pasara con rapidez el tiempo aquella noche, y volver a verla al día siguiente. La había invitado a que me acompañara al *tour* fotográfico y no estaba muy seguro de si ella iba a aceptar mi invitación. Mary no podía saber eso, era imposible que comprendiera que había una luz al final de mi camino, o que tal vez la hubiera. Eso era lo que yo estaba pensando, y entonces, esta mujer que casi no conocía y que no tenía nada en común conmigo me dijo esto, y no pude sino pensar que se refería a mis propios pensamientos.

—¿Como si al decir «ojalá fuera posible» se refiriera a lo que deseabas con Anne? —apunté.

—Sí. Utilizó la palabra «ojalá», pero por su expresión traduje que ella pensaba que yo era un iluso por creer que pudiera ser posible. No lo vi como la expresión de un deseo, sino como si de verdad me estuviese diciendo: «no es posible». Ella daba por descontado que nada cambiaría en mi vida. Pero, a la vez, lo comprendí como una mínima compasión que tuvo conmigo, como si genuinamente deseara que me fuera mejor aunque supiera que era imposible. Sé que todo esto es confuso, y la verdad es que no sé expresarme mejor. Nunca he sido bueno con las palabras. Solo quería que supiera que esa mujer se puede meter dentro de uno y escarbar.

—Entiendo —me limité a responder.

—Al menos a mí nunca me hizo daño, y cuesta creer que sea una asesina.

—Los asesinos no siempre son como esperamos —argumenté.

Él se me quedó mirando.

—¿Usted, en su carrera, ha conocido gente que puede leer en la vida de los demás como si fueran libros abiertos?

Tuve que decirle la verdad.

—Sí. Conozco a una persona con esa habilidad. No como un libro abierto. Más bien como manuscritos confusos.

—Ya. Ella la quiere y confía mucho en usted. Solo quería que lo supiera. Me refiero a Anne. Me lo dijo. Hablamos de todo…

—No tienes la culpa, Kenneth. Ni de lo que pasó con Anne ni de lo que pasó con Jim —le dije.

Él sonrió agradecido.

—Ahora me parece que usted también sabe leer mi mente.

Le devolví una breve sonrisa.

—¿Mary le dijo algo sobre algún lugar al que ella le gustara ir, algún sitio apartado en donde tomara fotos, por ejemplo, o a donde fuera de vacaciones? —le pregunté.

—No. Lo lamento. No lo hizo. En realidad, no me habló de nada con relación a ella. Es más como una esponja que absorbe lo que somos los demás. Como si no tuviese nada que contar sobre su propia vida.

Pensé que no era cierto que Kenneth era mucho más que un hombre bello. Acababa de describir el vacío trágico de la vida sin afectos de Mary Hasting sin saber siquiera que lo había hecho.

10

ME DESPEDÍ de él y subí al auto con Sebastian. Me preguntó si la conversación con Kenneth había arrojado algo, y le respondí que no. Solo lo que ya sabíamos: que Mary era hábil leyendo a las personas.

—¿Crees que Anne aún esté viva? —me preguntó de repente Sebastian.

Sentí que luego de sus palabras un silencio de hielo se apoderó de la cabina del auto. Quería responder que sí, pero no podía. No lo sabía. Desconocía si el hecho de que Mary no pudiese visitar el lugar donde tenía a Anne iba en contra de la sobrevivencia de Anne. Tal vez el mecanismo por medio del cual le proveía de oxígeno requería atención que ahora Mary no podría brindar recluida en el hospital.

—No lo sé, Sebastian. Creo que, si damos con ella rápido, la encontraremos con vida —respondí.

Llegamos al Monument Health Rapid City Hospital. Recorrimos la planta cinco del edificio buscando la habitación de Mary Hasting. Era la número 515 según nos habían informado en la recepción.

Desde varios metros de distancia supimos la ubicación de la habitación donde se hallaba porque la puerta estaba custodiada por dos agentes policiales. Caminamos hasta allí. Yo lo hice con pasos rápidos. Cada segundo contaba.

Entramos en la habitación después de mostrar las identificaciones. Una enfermera iba saliendo. Mary se hallaba acostada en la cama con los ojos abiertos y mirando al techo. Tenía las manos entrelazadas en el pecho, una sobre la otra.

Algo me hizo adivinar que esa era la posición que adoptaba cuando estaba encerrada en el ataúd que había diseñado su madre, Felicity Abroms.

Lucía como en un estado catatónico, con la mirada fija y en absoluto mutismo. Ni siquiera pareció darse cuenta de que entramos en la habitación.

Intenté hablarle, toqué su mano, me interpuse entre sus ojos y lo que fuera que miraba arriba, pero no logré que hablara. No pude sacarla del estado en el que se hallaba y no dijo ni una palabra.

De repente, cuando Sebastian y yo desistimos de nuestros intentos de que nos dijera dónde estaba Anne, ella adoptó una posición imposible. Levantó su espalda y su cabeza como si debajo de ella hubiese varios almohadones, y se mantuvo en esa incómoda postura.

Recordé que había estudiado eso en la universidad. Esa espeluznante posición que en siglos pasados era asociada con posesiones demoníacas. Era común en esquizofrénicos y conocida como la «almohada psíquica». Nunca la había visto en alguien y comprendía por qué se asociaba a algo macabro. Sentí como la piel de los brazos se me erizaba.

—¡Qué diablos! —exclamó Sebastian mientras la miraba adoptar y mantener esa posición.

Mary se mantuvo así, como reposando sobre algo invisible y no dejaba de mirar hacia arriba, hacia el techo. Ese estado catatónico —estuve segura— era parte de sus defensas durante sus encierros.

—¿Por qué ha adoptado esa posición tan extraña? —preguntó Sebastian.

—No lo sé —confesé.

—Creo que ni siquiera sabe que estamos aquí —dijo él.

—No. Está totalmente desconectada de la realidad.

Pensé que tal vez imaginara que se hallaba en una playa o en un campo hermoso. Mary solo contaba con su mente y me temía que ahora la hubiésemos perdido para siempre. Sospeché que nunca volvería a la realidad y con ello perderíamos la posibilidad de localizar a Anne.

Sentí miedo. Avancé un poco más hacia la cama y me atreví a tocar a Mary. Puse mi mano sobre una de las suyas.

No esperaba ver lo que vi entonces.

11

En mi visión, Jamie Balfe estaba vestido tal como lo vi cuando lo conocí. Con ropa ajustada y de color claro. Estaba sentado en una butaca blanca en un espacio muy iluminado. Lo acompañaba el hombre de la pesadilla del avión, el que creía que estaba a mi lado. El mismo que llevaba un anillo dorado en su dedo con el grabado de *El hombre de Vitruvio*. Con voz muy grave que no parecía humana, sino más bien un rugido, el desconocido me dijo: «Una bestia que siempre nos está mirando».

Solté la mano de Mary sin pensarlo.

—¿Qué te pasa, Alexis? —escuché preguntar a Sebastian.

—Alguien ha estado aquí y ha tocado a Mary... —dije sin terminar y salí corriendo.

Cuando los oficiales me vieron, notaron que algo me pasaba. Miré más allá y me di cuenta de que una puerta se movía al final del corredor del piso.

—¿La enfermera que acaba de estar aquí tomó esa dirección? —pregunté levantando la voz y atropellando mis palabras.

—Sí. Me pareció extraño porque el módulo al que siempre se dirigen se encuentra en la dirección contraria — me respondió el oficial de estatura más baja, que también parecía el más despierto de los dos.

Corrí hasta llegar a la puerta que había visto moverse. La crucé. Me encontré en una habitación que contenía varios estantes y material de lavandería y limpieza. Allí no había nadie.

La habitación tenía otra puerta, que daba al exterior del edificio y a una escalera de emergencia. Llegué hasta allí, pero la mujer se había esfumado. Pensé que pudo haber entrado en cualquiera de las plantas del edificio si utilizó aquella escalera exterior.

Lamenté no haberme fijado en su rostro ni en ninguna otra característica de su cuerpo para luego poder reconocerla. Simplemente quedó en mi memoria como alguien que vestía de enfermera y nada más. Pudo ser cualquiera.

Volví al pasillo de la quinta planta. Mientras lo hacía, me confirmaba a mí misma que la oscuridad rondaba a Mary Hasting porque deseaba algo de ella. Su poder, su capacidad extraordinaria.

Llegué a donde se hallaba Sebastian, junto a los dos oficiales. Lo miré. Él me observaba con curiosidad. Estaba claro que esperaba una explicación, pero también que aguardaría a que estuviésemos solos, o a que yo quisiera brindársela.

Les pregunté a los agentes si se habían fijado en la cara de la enfermera que recién había visitado la habitación que resguardaban. Me dijeron que no. También quise saber si alguien más había visitado a Mary desde su llegada al centro. Uno de ellos me respondió que sí, que alguien lo había hecho.

—¿Quién? —pregunté. Debió notar la alarma en mi voz.

—No se preocupe, agente, porque era de los nuestros —

respondió el mismo que me había aclarado antes que el camino tomado por la enfermera había sido inusual.

Y justo esa era la respuesta que temía. Imaginaba a Jamie Balfe robando de alguna manera, a través de sus conocimientos de la psiquis humana, la alta capacidad de Mary Hasting. Me dije que estaba enloqueciendo y que eso no era posible. Pero luego una parte de mí me alertaba que yo nunca había sabido lo que era o no posible para la oscuridad, porque no me enfrentaba a fenómenos totalmente humanos, sino a una fuerza distinta, desconocida.

—¿Balfe? —preguntó Sebastian al oficial, quitándome las palabras de la boca.

—No. No fue el doctor Jamie Balfe quien vino... —respondió el otro uniformado.

12

—FUE EL JEFE MARTIN. Y nadie más —completó el oficial.

Asentí y le pedí a Sebastian que nos apartáramos un poco de los agentes.

—Por ahora Mary no saldrá de ese estado. Intentemos encontrar alguna pista conversando de nuevo con los pasajeros del bus para ver si ella les dijo algo que nos pueda conducir al lugar que usa como escondite de Anne —le propuse.

Él estuvo de acuerdo. Salimos del hospital. De camino al auto, Sebastian me hizo una confesión:

—He pensado lo que has dicho de Jamie Balfe y creo que tienes razón. Es sencillamente imposible que se le escapara la patología de Hasting. Tuvo que ser adrede. Me refiero a ocultarla. Por algo lo hizo. Se me ha ocurrido que tal vez esté con ella. Que quizás tiene una relación que no conocemos con Mary y que sea su cómplice. Creo que debemos ir a hablar con él tal como propusiste antes.

—De acuerdo —respondí.

Subimos al auto y tomamos la vía a casa de Balfe. Recuerdo que en ese momento Sebastian giró el volante para tomar la calle Fairmont. Allí fue donde comprendí que no debía torcer el rumbo para acercarme a la oscuridad, que debía concentrarme en la búsqueda de Anne porque yo sabía que, aunque Balfe había sido reclutado, no tenía que ver con la desaparición de Anne. Por muy tentadora que fuera la idea de perseguir a Balfe con el apoyo de Sebastian y de desenmascararlo, no era la prioridad.

—Mejor vamos a la casa de Mary primero —le propuse.

—Pensé que querías hablar con Balfe, ya que nunca te ha gustado. Además, ya los agentes han estado allí y han revisado todo. No hay nada que nos conduzca a tu compañera —argumentó.

—Está bien, Sebastian. Tengo que decirte algo. Yo soy capaz de encontrar, de percibir, algo en esa casa que los otros agentes no encontrarían. Poseo una capacidad empática especial que me ayuda a hacer bien mi trabajo. No espero que me creas, comprendo que es difícil hacerlo, pero ahora, y solo por el bien de Anne, te pido un voto de confianza, y que me apoyes en lo que quiero hacer. Con Balfe iremos luego.

Sebastian me miró solo por un segundo cuando terminé de hablar. No dijo nada e introdujo una dirección en el GPS del auto. Tomábamos dirección a la casa de Mary Hasting.

El resto del trayecto permanecimos en silencio. Creo que él rumeaba lo que yo acababa de decirle. Debía ser de los que piensa mucho antes de emitir una opinión cuando se enfrentan a algo desconocido. Uno de esos hombres que gana prudencia cuando algo lo descentra. Supuse que esa virtud la había aprendido de alguien significativo para él, de algún miembro de su familia, que no era su padre. Percibía una mala relación entre ellos.

Hablé con la jefa Tonny antes de llegar a casa de Mary mientras Sebastian conducía. La búsqueda de Anne se había intensificado y ella estaba en constante comunicación con Martin. También intentaba calmar los ánimos de los jefes superiores. Estaba haciendo su trabajo lo mejor posible, sin embargo, noté que ya no tenía esperanzas de encontrar a Anne con vida. Algo en su tono de voz cuando me habló de Harry, el exesposo de Anne, y de los niños, me hizo darme cuenta de eso.

Yo, en cambio, no quería perder el último atisbo de fe. Me resistía a hacerlo.

Llegamos a la casa de Mary. Entramos en la sala donde todo había sucedido, donde pensé horas antes que todo acabaría para mí.

Me detuve al ver la silla donde permanecí semiinmóvil. Era una mecedora vienesa. Ese lugar estaba cargado de pasado, de tristeza. A la vez sentía que comprendía lo que allí había pasado. Nunca descifré tan bien a un asesino como lo hice con Mary. Tal vez porque se parecía a mí en sus capacidades.

Pero yo me había salvado; a mí al menos una persona me había querido, y esa había sido mi abuela. Yo la amaba y adoraba el recuerdo y la sensación que ella me producía. Mary era yo misma, descarriada, y en ese momento ya aceptaba esa comparación entre ella y yo.

Caminé por la sala, toqué los objetos antiguos, las figuritas de Lladró y un reloj de manecillas doradas que daba la hora. También toqué la superficie de la mesa en torno a la cual Sebastian estuvo sentado. Luego las cortinas llenas de encajes. Pero nada venía a mi mente.

La frustración se apoderó de mí. ¡No era posible que antes, en otros casos, mi capacidad estuviese allí y ahora, cuando más lo necesitaba, se hubiese esfumado!

Sebastian me observaba callado. Su teléfono vibró, lo tomó y me dijo que debía atender la llamada. Salió de la casa.

Me detuve en medio de la estancia y miré a todos lados, intentando dar con algo.

—Anne… ¿Dónde estás? ¡Tienes que ayudarme a encontrarte…! —exclamé casi dándome por vencida.

13

ABRÍ los ojos y miré el espejo sobre una chimenea pequeña que había en la salita. Se trataba de un espejo opaco sobre todo en los bordes, rodeado de un marco plateado ennegrecido.

Caminé hasta él. Si Mary era como yo, tal vez mi propio reflejo me condujera a algo. Fue una idea confusa que tuve, pero no perdía nada con probarla. Toqué la superficie del espejo y miré mi propio rostro. Estaba fría. Entonces una frase vino a mi mente con letras brillantes. Pude leerla solo por un segundo: «Una cámara tras otra».

¿Qué significaba eso?

Tuve la seguridad de que Mary, en algún momento, se sintió orgullosa de esa idea.

—Una cámara tras otra —repetí en voz alta.

Era como un logro para ella, como una conquista que su mente había logrado vislumbrar hacía poco tiempo. Intuí que tenía que ver con Anne, pero no sabía por qué.

En ese instante, las palabras desaparecieron y vi tras de mí el rostro de Sebastian. Había vuelto y pude observar su reflejo en el espejo.

—¿Has logrado algo? —me preguntó.

Una voz interna me sorprendió, haciéndome una revelación: «Sebastian no programó el GPS para ir a la casa de Balfe. Sabía cómo llegar a esa dirección. Solo lo puso cuando cambió de rumbo hacia la casa de Mary».

Otra vez dudaba de Sebastian, aunque no deseaba hacerlo. Mi mente analítica me jugaba una mala pasada trayendo ahora a relucir algo que percibí en el auto y que no hice consciente en ese momento. No podía ignorar lo obvio: Sebastian sabía dónde vivía Jamie Balfe. ¿Por qué?

14

—¿Por qué me miras de esa forma? —me preguntó Sebastian al tiempo en que avanzaba hacia mí.

—¿Qué significa para ti la frase «una cámara tras otra»? —le pregunté y lo observé con fijeza.

Me miró y frunció el entrecejo.

—El lugar donde los chicos toman fotos en Badlands Loop, donde observan el firmamento. No lo sé... —me respondió con voz dudosa.

—¿Dices cerca de donde apareció muerta Kimberly Sherman? —puntualicé.

—Sí. Donde fuiste tú misma, cerca de las cascadas.

—Podría ser... —respondí dubitativa.

—Tengo que comunicarte algo que ha sucedido —reveló de repente.

—Dime —lo apuré a continuar.

Me extrañó la expresión que había puesto de pronto.

—Jamie Balfe está muerto.

—¿Asesinado? —pregunté sin pensar.

—No. Parece un infarto. Martin me lo ha dicho. Él mismo lo ha encontrado en su casa.

Me volteé y quedé frente a Sebastian, que ya se había acercado bastante a mí mientras hablaba.

—Hay otra cosa. Parece que estaba obsesionado contigo. Encontraron una carpeta llena de información sobre ti y tu trayectoria profesional. También fotografías de tu consultorio en Topeka, y noticias de los casos que has resuelto en Wichita. La encontraron sobre la mesa del comedor de su casa, y todo apunta a hacernos pensar que esos papeles habían sido manipulados con frecuencia y que muestran un uso reciente.

—¿Has estado en casa de Balfe antes? —le pregunté porque la duda me carcomía.

No hubo en él ninguna señal de alarma.

—No, pero sé dónde está. Me cité con él en una cafetería que se ubica al frente de su apartamento y me mostró el lugar donde vivía. Me pareció que deseaba crear un nexo más cercano conmigo, pero yo no se lo permití. ¿Por qué lo preguntas?

Sentí un gran alivio.

—Por nada.

15

—¿Qué es lo que pasa entre Jamie Balfe y tú? —me preguntó, elevando un poco más la voz, al ver que yo no decía nada en relación con los papeles encontrados en su casa.

—Pertenecía a una organización poderosa que va tras de mí —le respondí.

Me miró, iba a continuar hablando, pero luego debió reconsiderarlo y se quedó callado.

—Tenemos que concentrarnos en Anne. Después te lo explicaré —completé.

No quería detenerme a pensar por qué la oscuridad había acabado con la vida de Balfe. Creía que su muerte no había sido por causas naturales y también pensaba que nunca iba a poder probarlo. Además, debió ser la misma oscuridad la que había dejado a la vista esa carpeta con mi trayectoria. Algo así no se les hubiese pasado por alto. Era como si quisieran decirme que yo estaba en el foco de su atención.

—Entonces, una cámara tras otra cámara —repitió pensativo Sebastian, sacándome de mis reflexiones.

—Eso es —confirmé.

—¿Qué ha pasado? ¿Has recordado algo más de la conversación que sostuviste con Mary Hasting? ¿Es que ella te habló de eso?

—No. Es algo que… Sí. Ha sido eso —mentí.

—Pues no lo sé. Si quieres, vamos a ese lugar cerca de la cascada. O hablamos con los chicos que atestiguaron haberte visto.

—Mejor vamos al sitio —decidí.

Antes de salir de la casa, recorrí todas las habitaciones sin lograr nada más. También dimos una vuelta por la clínica veterinaria sin ningún resultado. No quería desanimarme, porque sabía que ese era el último paso antes de la rendición final. Y no pensaba rendirme hasta encontrar a Anne.

Nos subimos al auto. De camino a las cascadas, leí un anuncio del Museo Geológico de Rapid City. Algo en él trajo a mi mente las horribles pinturas de Linda Donner; quizás las cuevas, las minas...

—¿Los Donner no han aparecido? —pregunté.

—Olvidé decírtelo. Sí. Ahora mismo están en las Cabañas Wells. Se habían ocultado en el bosque cercano, argumentando miedo a ser culpados de asesinato, pero cuando se enteraron de que Mary Hasting había sido detenida, salieron del escondite. Pienso que esa mujer intentará sacar provecho de la historia de Hasting haciendo lo único que sabe hacer, creando historias mágicas y avivando los miedos de las personas.

—No sé… He recordado sus pinturas. Siempre llenas de cuevas, de bestias con colmillos y todo ese tema de la rabia de estos lugares. También está lo de los huesos en las minas. Ella los dibujó.

—Todo eran mentiras —sentenció.

—En este lugar hay muchas minas abandonadas. Y la tierra está allí llena de gusanos…

—¿Cuáles gusanos? —preguntó Sebastian.

289

Moví la cabeza en señal de negación. No pensaba explicarle lo de la muñeca y los gusanos que había visto en las imágenes de mi cabeza.

—Espera, Sebastian. ¿Y si fuera una cámara subterránea? Por eso lo del Museo Geológico. Y si habláramos de cámaras, a manera de habitaciones, una sobre otra, enterradas… Podría ser. Por eso el licaón me condujo hasta esa cueva, y por esa razón el bosque que está entre esa mina y las Cabañas Wells me causaba inquietud y esa sensación de abandono. Y también por eso ahora he recordado el tenebrista cuadro de Linda con sus huesos, los huesos mínimos…

—¿Qué diablos estás diciendo, Carter? —exclamó Sebastian, perdiendo la paciencia.

Lo interrumpí.

—¡Ya sé dónde está Anne!

16

—Una cámara tras otra, o lo que es lo mismo, una cámara más abajo. Siempre ha estado allí, bajo los huesos que Linda enterraba y desenterraba. Mary también debía conocer esa mina. Y si por mala suerte para ella, descubríamos a Anne, los culpables naturales serían Linda y Arthur. Después de todo, en ese lugar hay huellas de ellos, por lo de los huesos que plantaron allí. Por eso Mary se decía a sí misma al mirarse al espejo: una cámara tras otra, un agujero tras otro, un crimen escondido bajo otro que ni siquiera lo era tanto. Lo que han hecho los Donner no se compara con lo que ha hecho Mary Hasting.

Tomé, con las manos temblorosas, mi celular y llamé al jefe Martin. Le dije que enviara gente a la misma cueva que ya todos conocíamos gracias a los Donner. Le indiqué a Sebastian cómo llegar hasta allá.

Nos detendríamos en el mismo lugar donde yo había estacionado el Nissan cuando el licaón intentó orientarme. Esperaba que no fuera tarde.

«¿Por qué no busqué mejor en esa oportunidad?», me reclamaba.

Sebastian me hablaba, pero yo no podía concentrarme en lo que decía. Escuché de su boca frases como: «Sería arriesgado enterrar a Anne allí con los Donner revoloteando la zona»; «Aunque también es cierto que, como ya habíamos hecho un hallazgo allí, tal vez no volveríamos a mirar dos veces...».

Los minutos se me hicieron eternos. El jefe Martin me aseguró que, en unos instantes, varios oficiales estarían en la mina abandonada.

Sebastian y yo llegamos de primeros. Corrí y seguí el mismo camino que había tomado hacía días. Sebastian trataba de seguirme el paso. Entramos en la mina y buscamos el área donde Linda enterraba la cajita con los huesos de los infantes que había sacado del viejo cementerio. Escarbé con las manos. No veía nada en la tierra.

—Hay que buscar algo para cavar de manera más eficaz —dijo Sebastian.

—Debe haber alguna pala por aquí —le respondí.

—Buscaré —me dijo y salió de la mina.

No podía quedarme sin hacer nada, así que continué apartando la tierra con mis manos. Sentía la humedad y cada vez más el olor a mineral. A mi mente vinieron imágenes horrendas de la bestia del cuadro de Linda Donner. La que miraba a la mujer con el niño en los brazos. Sentí miedo, pero no me detuve. Después, esa bestia que veía en mi cabeza tomó la forma de Balfe, y luego la de otro hombre que nunca había visto en mi vida. Luego, adquirió la forma de *El hombre de Vitruvio*, pero con colmillos. Sacudí la cabeza para apartar esas horrendas imágenes y continué excavando. La tierra se me metía dentro de las uñas y dolía muy adentro.

Escuché voces cerca. En ese momento tropecé con algo. Parecía una manguera.

Unas hormigas oscuras —muchísimas— estaban agrupadas en torno a lo que acababa de tocar, que aún no podía ver bien. Comenzaron a morderme. Sentí ardor en mis manos, pero luego desapareció. Eran muchos insectos los que iban haciéndose visibles en la tierra. Imaginé el cuerpo de Anne mordido por ellos, pero de inmediato deseché ese pensamiento. Estuve segura de que las ideas que estaban poblando mi cabeza, de alguna manera, eran obra de la oscuridad; ella necesitaba que me detuviera, que perdiera a Anne. Tal vez la «enfermera» que había visitado a Mary logró que ella le dijera dónde estaba Anne y desde ese momento la oscuridad se había propuesto entorpecer mi búsqueda, plantando dudas en mi cabeza y también muchos miedos.

Tenía que continuar.

17

No sé cuánto tiempo estuve haciendo eso.

Alguien, de pronto, me tocó la espalda. Era Sebastian con una pala entre las manos. Detrás de él había dos hombres uniformados.

Me aparté para que Sebastian continuara cavando. Miré mis manos y estaban hinchadas y enrojecidas. Escuché como la pala tropezó con un objeto.

—Sí. Aquí hay algo. ¡Busquen instrumentos para cavar! —ordenó Sebastian a los oficiales.

Ellos salieron corriendo.

Las lágrimas no me dejaban ver con claridad lo que sucedía. Sebastian continuaba cavando sin descanso. Entonces la vimos. Una caja de madera conectada con varias mangueras que lucían antiguas, como las que se usaban en los laboratorios de biología del siglo pasado.

Toqué la madera varias veces, dando golpes, como si fuese una puerta. Esperaba escuchar alguna respuesta del interior.

—¡Anne! ¡Aquí estamos! ¿Puedes oírnos? —grité y esperé. No hubo ningún ruido.

Los hombres volvieron con palas. También llegaron otros.

—¡Anne! —continué gritando.

Entonces los escuché. Unos débiles golpes en la madera.

¡Estaba viva!

Otro hombre se puso a cavar junto a Sebastian y yo tomé la pala de un tercero y también lo hice.

Por fin pudimos despejar la pared superior de la urna y luego la abrimos. Vi la cara de Anne, estaba manchada de sangre y barro. Una película de suciedad cubría su rostro y su pelo. Pero allí estaban sus ojos, brillantes como siempre. La vi sonreír y también llorar al mismo tiempo.

—Mantén los ojos cerrados, Anne. Aunque no haya mucha claridad aquí, deben acostumbrarse poco a poco. Has estado expuesta a una oscuridad absoluta —dijo Sebastian.

Entonces me aparté para que la sacaran de allí.

Caí hacia atrás, sobre la tierra. No podía mantenerme en pie. Fue cuando las manos comenzaron a dolerme. Me había herido al cavar y ni siquiera supe en qué momento había pasado.

Sentí hambre, frío, sed y un cansancio infinito. Pero todo había valido la pena.

18

INSPIRÉ PROFUNDO y abrí la puerta de la habitación del hospital, donde estaba Anne en recuperación.

Entré. Ella me miró y sonrió.

—Sabía que ibas a encontrarme. Has sido un ángel para mí. Siempre lo serás. Ahora te debo mi vida.

Sentí un nudo en la garganta. Caminé hasta la cama y le tendí la mano. La vi bien, recuperada. Casi era la Anne de siempre.

—Gracias —insistió.

Solté su mano y busqué una silla que había en un rincón de la habitación para sentarme cerca de la cama.

Hice silencio.

—He estado pensando. No la exculpo, claro, pero todo esto me parece muy trágico. Esa mujer, Mary, debe haber vivido cosas indescriptibles. Asesinaba abusadores de niños…

—Su rabia lo justificaba todo y sus asesinatos no iban a parar. Para ella existía la venganza y el castigo, no la justicia —le dije a Anne.

Imaginaba a Mary encerrada en una urna con un espejo.

La imaginaba ensayando caras de tristeza, de alegría, de sorpresa… y usando su mente para no morir, para sobrevivir.

—Además, su misión vengadora no era fiable. Fue tu parecido a su madre lo que la hizo volcar su rabia sobre ti. Y eso es bastante injusto. Al final pagarían justos por pecadores.

—Es verdad —reconoció Anne.

—Contigo fue como su primer gran acto de furia. No estaba preparada para una emoción tan auténtica. Creo que, de continuar asesinando, llegaría un momento en que por cualquier cosa pensaría que alguien merecería morir. Había que detenerla.

Anne asintió con la cabeza.

—Es muy peligrosa —convino.

—Mary es capaz de inculcarte una idea, un parecido ficticio de ella con alguien de tu pasado que te hiciera emocionalmente su aliado. Eso podía lograrlo con apenas una conversación porque es muy inteligente. Eso hizo con el agente que la interrogó cuando el hombre murió atacado por el perro. Le recordó a alguien querido, y también lo hizo conmigo —reconocí.

—¿Dices que se mimetizaba? Es espeluznante el control que ejerce en la memoria y la consciencia de las personas —confesó Anne.

—A mí misma me plantó la idea en la cabeza de que se parecía a una vecina que nunca tuve. Su habilidad era la confusión en el recuerdo de los demás —confirmé.

—Se habrá hecho veterinaria porque para ella la gente es odiable y los animales amables —dijo Anne con algo de pena.

—Creo que piensa que la gente es débil y ella no. Pero vivió una vida muy sola y siempre con su maltratadora al lado. Debió tener un autocontrol increíble, y mientras su madre seguía viva, le alimentaba más el odio que terminaría explotando hacia todo el mundo —completé.

—En lugar de deslastrarse de la rabia y buscar consuelo en alguien cuando su madre murió, se convirtió en asesina… —reflexionó Anne.

En ese momento, fuimos interrumpidas por la entrada en la habitación de Harry y los niños de Anne. Uno de ellos corrió veloz y se detuvo al lado de la cama. La miró y sonrió. Le preguntó si algo le dolía.

Anne apartó varias lágrimas de sus ojos y lo recibió con una gran sonrisa.

Saludé a Harry con un gesto, me levanté de la silla y me aparté. Me despedí de Anne y de su exesposo y salí de la habitación.

De camino al encuentro con Sebastian —quien me esperaba al final del pasillo—, pensaba en Mary, y en que su mayor error fue que nunca se había atrevido a confiar en nadie. Además, se había decidido a cruzar una línea que yo nunca había cruzado: la de usar las capacidades que tenía para confundir, para asesinar.

Me dije —de nuevo— que pude haber sido como ella de no haber tenido el cariño de mi abuela. Supe entonces cuánto le debía.

Nunca, como en ese momento, estuve tan segura de que una persona podía hacer la diferencia y convertirse en el extravío o en la salvación de otra.

Ahora todo había terminado. El caso estaba cerrado y Mary recibiría tratamiento psiquiátrico. También pagaría por sus delitos.

Anne se recuperaría y volvería al trabajo, estaba segura de que regresaría más fortalecida que nunca.

La oscuridad continuaba esperando por mí. No tenía dudas. Esperaría sus nuevos ataques. Podía ser que, desde ahora, y tal como me pasó con Balfe, fuese capaz de identificar a sus miembros con facilidad. Por esta vez, sabía que la había vencido y que se había hecho justicia.

Llegué junto a Sebastian. Luego caminamos juntos en dirección al elevador. Tomaríamos en breve un vuelo a Wichita.

19

Dos personas caminan en el sendero junto al río Arkansas, en Wichita.

Lo hacen en silencio.

Uno de ellos lanza una colilla al piso y la aplasta con el zapato.

La otra persona le hace una pregunta:

—¿Qué sigue?

La persona que aplastó el cigarrillo se encoje de hombros. Luego mira a la otra con interés.

—Continuar, como siempre hemos hecho.

—¿Nos olvidamos de Mary Hasting? —preguntó la persona subordinada.

—No es importante el individuo, sino el plan. Ahora mismo, Alexis Carter cree que es más fuerte y eso nos conviene.

—¿Y es que acaso no lo es?

Quien hasta hace pocos momentos había estado fumando, sonrió y miró hacia arriba. Pudo ver la cresta de la escultura del indio junto al río. Se quedó por unos segundos en silencio y luego concluyó:

—Alexis Carter no imagina lo que le espera.

FIN

Anne y Alexis regresan para resolver un nuevo caso en la tercera novela de esta serie: *Miedo a tu venganza*. Obtenla aquí: https://geni.us/MiedoATuVenganza

NOTAS DEL AUTOR

Espero hayas disfrutado la lectura de esta novela.

Si te gustó mi obra, por favor déjame una opinión en Amazon. Las críticas amables son buenas para los autores y los lectores... y un estudio reciente (realizado por mi persona) también indica que escribir una opinión positiva es bueno para el alma.

¿Sabías que ahora también puedes disfrutar de mis historias en audiolibros? Te invito a gozar de esta experiencia con mi relato *Los desaparecidos*. Escúchalo **gratis** aquí: https://soundcloud.com/raulgarbantes/losdesaparecidos

Puedes encontrar todas mis novelas en mi página web: www.raulgarbantes.com

Finalmente, si deseas contactarte conmigo puedes escribirme directamente a raul@raulgarbantes.com.

Mis mejores deseos,
Raúl Garbantes

amazon.com/author/raulgarbantes

goodreads.com/raulgarbantes

facebook.com/autorraulgarbantes

twitter.com/rgarbantes

www.ingramcontent.com/pod-product-compliance
Lightning Source LLC
Chambersburg PA
CBHW020340180626
46812CB00001B/273